COLLECTION

Cascade

YVON MAUFFRET

UNE AMITIÉ BLEU OUTREMER

ILLUSTRATIONS DE
BRUNO PILORGET

RAGEOT - ÉDITEUR

COUVERTURE DE BRUNO PILORGET
ISBN 2-7002-1117-0
ISSN 1142-8252

LA RENCONTRE SUR LE CANAL

Je m'appelle Rogatien Bahuaud.

En fait, je ne m'appelle pas Rogatien Bahuaud.

Mon vrai nom, je ne le connaîtrai jamais, pas plus que je ne connaîtrai mon vrai pays, ni mes vrais parents. Je suis un enfant perdu, abandonné, trouvé, un orphelin de la guerre parmi tant et tant d'autres ! Les soldats français m'ont découvert au cours d'une contre-attaque, seul sous les décombres d'une maison bombardée, dans un village en ruines. Le sergent qui commandait la patrouille m'a pris dans ses bras et m'a ramené à l'arrière. Il s'appelait Armand Bahuaud, il est devenu mon père.

Qui suis-je ? Alsacien, flamand, allemand peut-être ? Fils de grand seigneur ou de pauvre hère ? Ma mère s'appelait-elle Maria, Marie, Mary ? Je ne le saurai jamais. Parfois quand j'avais du mal à m'endormir, je m'inventais des origines mystérieuses.

J'avais été définitivement adopté par les Bahuaud en décembre 1918, juste après la victoire. Maman Bahuaud qui se désolait tant de ne pas pouvoir avoir d'enfant m'avait serré très fort sur son cœur. On me donnait alors à peu près trois ans.

Mes premiers souvenirs se situent ici, dans la

basse Loire, entre Nantes et la mer, sur la rive gauche du fleuve. C'était mon pays : la Loire grise et bleue, les nuages courant sans cesse dans le ciel, poussés par les vents d'ouest, les prairies humides, les haies de saules et d'osiers, les hautes rangées de peupliers... une terre secrète, refermée sur elle-même, difficile d'accès, sauvage encore malgré la proximité des grandes villes, Nantes et Saint-Nazaire.

En hiver, les oiseaux s'y posaient innombrables : tadornes et colverts, vanneaux et sarcelles ; les goélands et les mouettes y cherchaient refuge lors des grands mauvais temps, et parfois un troupeau d'oies sauvages venues du nord s'y abattait dans un grand froissement d'ailes.

Lorsque les oiseaux repartaient, au printemps, je suivais leur envol vers le nord aussi longtemps que possible. Je me disais que peut-être ils s'en retournaient là où j'étais né.

Mais après tout, j'étais peut-être italien ou espagnol.

Nul ne le saurait jamais.

Ce matin-là, maman Bahuaud m'avait réveillé très tôt, ainsi que je le lui avais demandé la veille.

– Rogatien, mon garçon, le soleil se lève !

Je dormais tout seul là-haut, au premier étage de la maison ; juste à côté du fenil, dans une chambre qu'Armand Bahuaud avait aménagée pour moi. De là, j'apercevais le fleuve, au-delà des prairies basses. Parfois je pouvais suivre au passage la remontée d'un cargo à la haute cheminée, et, de plus en plus rarement, celle d'un voilier en remorque, toutes voiles carguées. En me penchant, lorsque le temps était clair, je devinais la fine silhouette du pont transbordeur de Nantes.

Des écharpes de brume s'accrochaient encore au feuillage des saules, mais on sentait qu'il allait faire beau et chaud, qu'une vraie journée de juin se préparait. J'ai bondi de mon lit et enfilé mes vieilles nippes. De la cuisine me parvenaient les bonnes odeurs familières de café tout juste moulu, de lait frais trait et de pain chaud.

– Avec le temps qu'il fait, il y aura des anguilles, c'est sûr ! Tu en veux combien, maman Bahuaud. Trois, quatre ?

– Je veux surtout que tu fasses attention à toi !

Maman Bahuaud m'a regardé partir.

La veille, j'avais déposé deux bosselles, dans un coin à moi, sur la Loire. Pour qui ne le saurait pas, les bosselles sont des cages en osier que l'on tresse durant les veillées de l'hiver. Je les avais « boëtées » avec des morceaux de viande avariée.

Je me suis faufilé dans une coulée, à travers l'herbe haute. C'est mon domaine, je connais chaque souche, chaque fondrière, je sais où le pinson fait son nid, où le blaireau a son terrier. J'ai beau dire, ici est mon vrai pays. L'autre, celui où je suis né, c'est comme le paradis, un autre monde auquel on peut rêver mais où l'on ne saurait vivre.

Pour parvenir aux rives du fleuve, il me fallait d'abord franchir le canal de la Martinière. Il doublait la Loire sur des kilomètres, mais il ne lui ressemblait guère. Le fleuve était là depuis toujours, il avait vu défiler les barques venètes et les drakkars normands. Le canal, lui, n'avait pas plus de cinquante ans.

Armand Bahuaud m'avait expliqué qu'on l'avait construit pour faciliter la navigation et permettre aux grands navires de remonter jusqu'aux quais de Nantes, quels que fussent l'amplitude des marées et les caprices du fleuve. Il avait rempli son rôle durant une vingtaine d'années, puis on avait creusé la Loire et le canal était devenu inutile. La Martinière n'était plus qu'un endroit secret, oublié de tous, fréquenté seulement par les pêcheurs et les amoureux.

Et puis, quelques années après la fin de la guerre, vers 1920 ou 1921, une étrange cathédrale flottante avait fait son apparition sur les eaux mortes, au grand émoi des grèbes et des poules d'eau qui avaient leurs habitudes en ces lieux. Cette cathédrale, c'était un navire cap-hornier, un trois-mâts barque de la maison Bordes, qu'on amarrait ici en hivernage, en attendant, disait-on, que les circonstances économiques lui permettent de naviguer à nouveau sur les cinq océans et sur les mille mers. Mais il n'était pas reparti, au contraire : un autre cap-hornier arriva bientôt à la Martinière, suivi d'un autre, d'un autre encore. Ils étaient maintenant des dizaines à se retrouver captifs des eaux croupies du canal, alignés à la queue leu leu, privés de leurs voiles et souvent de leur gréement, gardés par des hommes à l'allure étrange.

– Ne vas pas traîner du côté du canal, me recommandait souvent maman Bahuaud. On ne sait jamais, avec ces gens-là.

Chez les Bahuaud, on était terrien depuis toujours et aucun membre de la famille ne se serait risqué sur les flots. On était enraciné dans sa glèbe, on naissait, on vivait, on mourait ici, on amendait les prairies, on coupait les foins, on engraissait les vaches vendéennes à la belle robe rousse. On ne pouvait donc qu'observer avec une certaine crainte la horde hirsute et braillarde qui gardait les grands voiliers. Non qu'on eut à se plaindre d'eux ; ils ne volaient pas nos poules, ils ne foulaient pas notre herbe ; nous leur vendions des œufs et du beurre qu'ils payaient tout aussitôt. Mais les rapports en restaient là.

Moi, j'aurais bien été vers eux. Parfois, dissimulé derrière les roseaux, je les regardais monter aux mâts, plus lestes que des singes, j'écoutais leurs chansons étranges... Mais j'étais un enfant sage, plutôt obéissant. Jusqu'alors il ne m'était pas venu à l'idée de transgresser l'interdit familial.

Dans la première bosselle, lorsque je l'ai

remontée, grouillaient deux anguilles de bonne taille. Dans l'autre, une seule, mais énorme, un véritable monstre ; j'ai dû batailler ferme pour en venir à bout. Tout en boëtant à nouveau mes nasses, je ne pouvais m'empêcher de songer à la matelote que maman Bahuaud ne manquerait pas de confectionner avec mes poissons. C'était une fine cuisinière et l'on vantait à la ronde les mérites de son brochet au beurre blanc, la saveur de ses cuisses de grenouilles. Mais là où elle excellait, c'était justement dans la matelote d'anguille. D'avance, je m'en pourléchais les babines...

J'ai vérifié que les bosselles étaient bien à leur place, qu'elles ne risquaient pas d'être entraînées par le jusant, puis j'ai passé un bout de ficelle dans les ouïes de mes anguilles et les ai mises autour du cou ; cela ressemblait à une sorte de collier d'argent. C'était frais, un peu gluant, pas désagréable et avait l'avantage de me laisser les mains libres. Ma troisième anguille était si grosse que sa queue traînait dans l'herbe, tandis que je quittais les rives du fleuve.

Durant ma pêche, le soleil avait pris de la force ; il avait tari l'humidité, chassé les écharpes de brume. Bientôt, nous couperions les foins mais, pour le moment, l'herbe était si haute que j'y disparaissais presque entièrement. Nos prairies, notre richesse ! Formées par les alluvions fertiles de la Loire, inondées chaque hiver, elles nous permettaient d'entretenir un important troupeau de vaches, si grasses que les paysans des hautes terres en pâlissaient d'envie.

– Rogatien, un jour tu seras un riche héritier, me disait parfois Armand Bahuaud.

Cette idée me plaisait bien, même si je ne savais pas exactement ce que cela voulait dire !

Pour rentrer chez moi, il me fallait avant tout franchir le canal. Les passages ne sont guère nombreux au-dessus de la Martinière et j'ai choisi d'emprunter l'écluse qui permet la communication avec la Loire. Le vieil éclusier était un de nos amis, un père tranquille, toujours de bonne humeur et qu'on appelait le « Père Sans-Secousses ». Il devait être parti faire ses courses car, lorsque je l'ai appelé, personne n'a répondu et j'ai vu que son grand chien noir n'était pas là.

J'étais à peu près au milieu de l'écluse, regardant où je posais les pieds, lorsqu'une ombre a surgi tout à coup devant moi. L'apparition était si étrange que j'ai failli crier !

– *Pesket ! Pesket !*

Il tendait les mains vers moi, et ne faisait que répéter ces mots incompréhensibles : « *Pesket ! Pesket !* » Que voulait-il ? Que me voulait-il ? Il me bouchait le passage. Nous nous tenions l'un face à l'autre au milieu de l'écluse, et je sentais la peur grandir en moi. Il y avait de quoi, en effet ! Tout d'abord il était chauve, complètement, il n'avait même pas de sourcils, l'un de ses yeux était bleu, l'autre noir. Il ne paraissait pas âgé, mais j'étais incapable de dire s'il avait quinze ou cinquante ans. Il était grand, vêtu d'un vieux chandail délavé et d'un pantalon de toile. Ses grandes mains aux ongles cassés s'agitaient en face de mon cou et toujours il répétait : « *Pesket ! Pesket !* »

J'allais me décider à tourner les talons, à tenter une fuite vers la Loire, lorsqu'une voix a retenti de l'autre côté du canal.

– *Malors Doue,* Béniguet, tu vas lui foutre la paix à ce castor !

Mon « fantôme » a remué plusieurs fois la tête, en signe de dénégation farouche.

– Béniguet, si je vais te chercher mon gars, je te fiche au jus !

Il a fini par obéir et par me livrer le passage. Mon sauveur l'a pris par les épaules, plus semble-t-il pour le consoler que pour le gronder.

– Allons Béniguet, tu ne vois pas que tu lui as fait peur !

Et, se tournant vers moi :

– Approche, petit !

Il n'y avait pas à s'y tromper ; à son allure j'ai vu tout de suite que j'avais affaire à « un de ceux des bateaux », trapu, la quarantaine, le visage rougeaud mangé par la barbe, des chicots noircis en guise de dentition, serrés sur le tuyau d'écume d'une vieille bouffarde, la tête coiffée d'une casquette en toile à voile.

– N'aie pas peur, gamin, Béniguet n'a jamais mangé personne. Il n'a pas toute sa tête à lui, c'est un innocent comme on dit chez nous. Il n'a pas un gramme de méchanceté, le pauvre gars, mais que veux-tu, il devient enragé quand il voit du poisson. C'est ce qu'il te disait, en breton. Pesket, ça veut dire poisson. Tes anguilles l'ont attiré. Il voulait seulement les toucher, pas te les prendre.

– Mais pourquoi ?

– Pourquoi... À ce qu'on m'a dit, il est né dans le poisson, quelque part à Houat ou à Hoëdic, dans les îles de par chez nous. C'était sans doute sa seule nourriture, quand il en avait bien sûr. Je l'ai vu jouer des heures durant avec un mulet ou un maquereau. Ça ne fait de mal à personne !

J'ai baissé les yeux, et j'ai vu que l'homme avait une jambe de bois. Il a suivi mon regard, haussé les épaules.

– Je l'ai laissée à Dixmude, pendant leur saleté de guerre, m'a-t-il dit. Je m'y suis fait, mais dame, pour moi c'est fini de grimper dans les huniers. C'est pour ça que tu me vois ici, dans ce trou à vase, au lieu d'être au large.

Quand il souriait, comme maintenant, ce que son visage pouvait comporter de farouche disparaissait.

– Je m'appelle Malamok, m'a-t-il dit en me tendant la main. Peut-être bien que c'est pas mon nom de baptême, mais c'est comme ça qu'on me connaît d'Iquique à Frisco, de Sydney à Hambourg. Et toi, petiot ?

– Moi, je suis Rogatien Bahuaud. J'habite la grande ferme là-bas, derrière les peupliers.

– T'es un petit cul-terreux. Bah, c'est bien tu sais. J'ai un frère paysan en Bretagne. On s'entend bien, même si on ne se voit pas très souvent !

Du menton j'ai désigné les grands voiliers, sagement rangés le long du canal.

– Le vôtre, c'est lequel, monsieur ?

Il a éclaté de rire.

– Aucun de ceux-là garçon, bien que j'ai mis mon sac à bord de plusieurs d'entre eux. Béniguet et moi, nous gardons le petit que tu vois là-bas, entre le *Villebois-Mareuil* et le *Pierre-Antonine.*

– Le tout blanc ?

– C'est ça, mon gars. Enfin le tout gris, parce qu'il aurait besoin d'une bonne couche de peinture, c'est moi qui te le dis, il s'appelle *Ia Ora Na,* ce qui veut dire bonjour en tahitien.

– Il n'est pas bien grand.

– Peut-être, mais c'est un sacré bateau. Il n'y en a pas beaucoup parmi les cap-horniers qui aient souqué autant de toile, ni vécu autant d'aventures...

– Il... il peut faire le tour du monde ?

– Il l'a fait, et plusieurs fois encore. Ça s'appelle une goélette, petit terrien : une misaine, une grand-voile, et trois focs. Cela te dit quelque chose ?

– Ben non, pas tellement !

D'un geste amical, il a passé sa main calleuse dans mes cheveux.

– Si le cœur t'en dit, je te donnerai des leçons. Béniguet et moi nous n'avons pas beaucoup de visites, et d'ailleurs nous n'y tenons guère, mais pour toi ce sera différent. Pas vrai Béniguet ?

Mon fantôme a esquissé ce qui pouvait ressembler à un sourire, puis aussitôt il est retombé dans la contemplation de mes anguilles.

– Pourquoi n'a-t-il pas de cheveux ? ai-je demandé à voix basse.

– Sais pas... La pelade sans doute, la misère quoi ! Quand je l'ai rencontré, il traînait sur les quais de Paimbœuf, il pleurait parce que des gamins se moquaient de lui. Il marmonnait des mots bretons. Alors dame, je n'allais pas laisser tomber un « pays ». Je l'ai embarqué sur mon rôle et nous faisons bon ménage tous les deux.

Il me fallait rentrer. Maman Bahuaud s'inquiétait vite lorsque mon absence se prolongeait. Sans y réfléchir, j'ai décroché de mon cou la plus belle anguille et je l'ai tendue à Béniguet.

– Tiens ai-je dit, c'est pour toi, tu peux la garder !

Il a serré le gros poisson sur son cœur et m'a regardé avec extase, comme si j'étais un ange descendu du ciel.

– Tu viens de te faire un ami, m'a dit Malamok.

Puis il m'a serré la main.

– Tu viens même de t'en faire deux, petit castor. Lorsque tu voudras me voir, tu me trouveras à bord de la goélette. Je n'en bouge pas.

Je suis parti à travers prés. La matelote de maman Bahuaud serait sans doute un peu moins copieuse que prévu mais que m'importait !

« BOSCO, APPRENDS-MOI LA MER ! »

Jusqu'alors, j'avais été un enfant solitaire. La Chabossière, notre maison, est très isolée, située à plusieurs kilomètres de Frossay, la commune. On ne « passe » pas par chez nous, il faut vouloir y venir, et les visiteurs sont plutôt rares. Puis les Bahuaud, Armand et Radegonde (c'est le nom de ma mère et je trouve qu'il lui va bien) sont des gens qui se suffisent à eux-mêmes, ne cherchent pas à courir les routes ni les rues. Le dimanche, on attelle la carriole et on assiste à la grand-messe ; maman Bahuaud en profite pour faire ses courses, et voilà tout. Quant aux deux domestiques de la ferme, Pierre et Jeanne, ils sont si peu bavards qu'ils sont capables de passer une journée entière sans prononcer d'autres mots que ceux nécessaires au travail. L'un et l'autre se jetteraient au feu pour moi, j'en suis sûr, mais sans ouvrir la bouche.

Parfois, arrivait un événement familial d'importance, une noce, un baptême, une première communion qui réunissait les parents. Je n'aimais pas beaucoup cela... Je savais bien que je n'étais pas de leur sang, de leur race ; ils le savaient aussi, il n'était que de voir la façon dont les « cousins » de mon âge me dévisageaient bouche bée, comme une bête curieuse.

Restait mes camarades d'école. Je m'entendais bien avec certains d'entre eux, mais ils disparaissaient de ma vie dès que sonnait la cloche de la sortie. Durant les vacances, je ne les voyais pratiquement jamais. Ma solitude relative ne me pesait pas. J'avais pour moi la tendresse chaude de maman Bahuaud, celle moins démonstrative de mon père adoptif, j'avais les chats et les chiens de la ferme, les vaches, les chevaux, les prairies, le fleuve, les oiseaux.

Et puis j'avais les livres. Je faisais, je fais toujours partie de ces gens qui ne peuvent passer une journée sans dévorer quelque chose qui se lit. À la Chabossière cela avait paru tout d'abord comme une sorte de maladie. Chez nous, on ne trouvait jusqu'alors que l'almanach du *Pèlerin*, une *Vie des Saints*, *La Vache vendéenne, ses caractéristiques* par Édouard Luneau, vétérinaire à Clisson, et un tome dépareillé des *Trois Mousquetaires*. J'en avais vite fait le tour ! Ensuite j'avais emprunté des livres au maître d'école, au curé de la paroisse... Enfin maman Bahuaud avait pris l'affaire en mains. Elle qui achetait peu, habituée qu'elle était à vivre sur son domaine, elle m'avait offert Jules Verne et Hector Malot, Jack London et Stevenson... J'étais un lecteur comblé. C'est à partir de mes lectures que je me bâtissais des origines fabuleuses, tour à tour fils de Michel Strogoff, frère d'Alice et cousin germain de d'Artagnan.

Mais maintenant j'avais deux amis, deux vrais amis, et ma vie avait pris un autre cours...

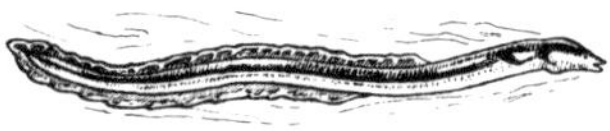

– Bonjour, Sans-Secousses !

– Le bonjour à toi, Rogatien Bahuaud !

Le vieil éclusier me regarde passer en souriant et son chien noir remue faiblement la queue. Je longe maintenant les grands voiliers dont je commence à connaître les noms : *Le Maréchal de Castries,* trois-mâts-carré, le *Molière,* trois-mâts barque, le *Ville de Mulhouse,* quatre-mâts barque, oiseaux du grand large, pur-sang des mers, immobilisés dans l'eau fangeuse du canal. Auparavant, ils ne me disaient rien, ils faisaient seulement partie de mon décor, comme les arbres et les pierres ; je commence à savoir qu'ils sont vivants. Les gardiens me regardent passer, les uns sans rien dire, les autres en me faisant un petit signe d'amitié.

– Tiens, voilà le mousse à Malamok. Salut, castor !

– Bonjour !

Puis j'arrive à la hauteur de *Ia Ora Na,* la goélette blanche, celle que déjà je commence à appeler « mon » bateau. Je franchis la coupée, ça y est je suis à bord, dans un autre monde. Dès qu'il me voit, Béniguet se précipite. Depuis que je lui ai fait cadeau de mon anguille, il me voue une affection sans faille. Il est capable de parler mais a du mal à aligner ses mots.

– « Sien » dit-il... Béniguet est content !

Avec cette manie qu'il a de tripoter les poissons, il a fini par acquérir une odeur bien à lui et peu ragoûtante mais son sourire est tellement chaleureux qu'on oublie le reste.

En général, c'est à ce moment que Malamok fait son apparition. Je suis sûr qu'il m'a vu venir, de loin. Rien ne lui échappe.

– Tiens, voilà notre pharmacien, dit-il.

« Biffin », « Pharmacien », « Éléphant », ce sont les sobriquets dont se servent les gens de mer pour désigner les terriens. C'est dit avec un grand sourire et, ma foi, je ne songe pas à m'en offusquer.

Je peux aller et venir librement, à ma guise, dans tout le bateau. Malamok m'en a donné la permission une fois pour toutes et je ne m'en prive pas, je suis descendu au fond des cales, j'ai visité les soutes, les magasins, les postes d'équipage ouvrant toutes grandes mes narines pour mieux humer l'odeur particulière des lieux, odeur indéfinissable à base de chanvre et de lin, de peinture et de coaltar et qui est demeurée à jamais, pour moi, l'odeur de la mer.

– Ça sent meilleur que la bouse de tes vaches, mon petit cul-terreux !

Malamok m'accompagne souvent dans mes visites, ne perdant aucun de mes gestes, guettant la moindre de mes réactions.

– C'est quoi, ça, Malamok ?

– Un guindeau, p'tit frère. Ça sert à remonter la pioche...

– La pioche ?

– L'ancre si tu préfères. Et, pour peu qu'elle soit accrochée au fond, ça demande pas mal d'huile de bras, c'est moi qui te le dis. Même que quand c'est trop dur, le bosco entame une chanson et tous les gars la reprennent !

Tout à coup il se met devant le guindeau, empoigne une barre imaginaire et se met à chanter :

As-tu connu le père Lancelot
Good bye farewell !
Good bye farewell !
Qui fait la pêche au cachalot
Hourra Ho Mexico !
Il donne la goutte à ses matelots
À coup de barre de guindeau.

Il a une belle voix, et Béniguet, qui nous accompagne, applaudit de bonheur.

– Core, bosco ! Core !

– Ça suffit les enfants, y a quelquefois des paroles qui sont pas destinées aux oreilles des castors !

Un jour je lui ai demandé :

– Pourquoi on t'appelle bosco ?

Il m'a regardé longuement, hochant la tête et, inconsciemment, il a bombé le torse.

– Un bosco, p'tit gars, c'est un maître d'équipage. C'est ce que j'étais avant de perdre ma jambe dans leurs maudites tranchées.

– C'est toi qui commandais le bateau ?

– Le bateau, non, ça c'est l'affaire du tonton, du commandant si tu préfères. Mais les hommes, oui, et avec les gaillards qu'on avait parfois, ce n'était pas une mince affaire. Il fallait toujours être le plus fort, le plus rapide, le plus leste, être le meilleur barreur, le meilleur voilier. Un bosco c'est ça, et beaucoup d'autres choses encore. Un métier d'homme, mon petit frère, c'est moi qui te le dis !

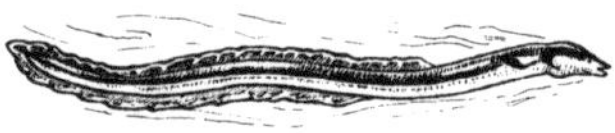

Sur la goélette, je peux donc aller partout, toutes les portes me sont ouvertes, à l'exclusion d'une seule, fermée à double tour et cadenassée de surcroît. Bien sûr elle m'a aussitôt attiré.

– Là, qu'est-ce que c'est, Malamok ?

Il a pris aussitôt ce qu'il appelle sa « figure de vent debout », c'est-à-dire que son visage s'est fermé et que ses sourcils se sont rapprochés pour ne former qu'une barre broussailleuse.

– Ça, mon gars, c'est la cabine du tonton. N'essaie jamais d'ouvrir cette porte, ni de voir ce qu'il y a derrière. Et si jamais tu surprends quelqu'un à rôder autour, tu me préviens aussitôt. Promis, castor ?

– Promis, bosco !
– C'est bien.
Et ses traits se sont détendus tout aussi vite.

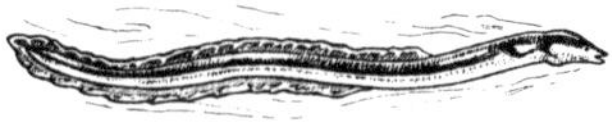

Évidemment, je n'avais pu dissimuler mes nouvelles relations à mes parents ; d'ailleurs je n'en avais pas l'intention. Aussi lorsque maman Bahuaud m'a demandé : « D'où viens-tu si tard ? » la première fois que je m'étais attardé à bord de la goélette, je lui ai dit la vérité.

– J'étais sur un bateau, maman.

– Un bateau... du canal ?

– Oui, m'man.

Elle a cessé de tricoter (une paire de chaussettes bien chaudes qui m'étaient destinées pour l'hiver), et d'un geste familier, elle s'est gratté le front avec la pointe de son aiguille.

– Tu sais bien qu'Armand et moi, nous t'avons défendu...

– Mais m'man, Malamok n'est pas comme les autres, je t'assure !

– Malamok ! Doux Jésus, ce n'est pas un nom de chrétien !

– C'est son surnom, m'man. Il est bosco, ça veut dire maître de l'équipage. Il a fait la guerre, comme papa Armand, même qu'il a perdu une jambe.

– Tous les gens qui ont perdu une jambe à la

guerre ne sont pas forcément recommandables, a-t-elle soupiré.

– Il sait plein de choses maman, il connaît le monde entier, il a fait naufrage trois fois, tu te rends compte !

La pauvre, elle comprenait que son garçon débordait d'admiration et d'amitié pour un homme qu'elle ne connaissait pas. J'étais suspendu à ses lèvres et, je me souviens, je pensais : « Si elle m'interdit de retourner là-bas, qu'est-ce que je ferai ? » Elle a soupiré longuement, a repris son tricot, puis elle m'a souri doucement :

– Allons Rogatien, tu y tiens donc tellement à tes nouveaux amis.

– Oh oui, m'man.

– Eh bien, invite-les tous deux à prendre le café dimanche. Ainsi nous ferons connaissance !

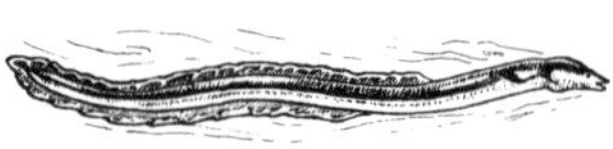

Faire accepter l'invitation à mon bosco n'a pas été facile. Il a commencé par grommeler que « Chacun son canote », les marins à bord, les paysans dans leur ferme et que c'était bien ainsi...

– Oh viens, Malamok. Tu verras comme ma maman Bahuaud est gentille... Mon papa Armand aussi d'ailleurs. Elle a fait des bons gâteaux... et puis j'ai envie que tu viennes !

Il a fini par céder, par dire que c'était d'accord et que nous pouvions compter sur leur visite, à

Béniguet et à lui, vers quatre heures de l'après-midi.

En les attendant j'étais sur des charbons ardents. Je n'arrêtais pas d'aller à la fenêtre, je montais dans ma chambre, je redescendais.

– Arrête, m'a dit Armand Bahuaud, occupé à boutonner tant bien que mal sa chemise du dimanche. Tu vas me donner le tournis.

À quatre heures tout juste, ils ont frappé à notre porte. Malamok avait troqué ses bleus délavés pour un costume, un peu étroit peut-être pour sa carrure, mais d'une propreté rigoureuse. Il avait peigné sa barbe, et sur sa tête, au lieu de l'informe casquette de toile à voile, il en avait mis une autre en drap bleu, ornée d'une ancre de marine. Béniguet demeurait plus exotique, mais le bosco avait dû l'étriller ferme car il ne sentait presque plus le poisson.

– Un coup de muscadet pour commencer, a proposé Armand Bahuaud. C'est du bon ! C'est mon beau-frère de Vallet qui le fait.

– Pas de refus, a dit Malamok. Mais pas pour mon matelot, le pauvre garçon ne tient pas la toile, vous savez...

Les deux hommes ont commencé à parler de la guerre, celle qu'ils avaient faite. Je les entendais prononcer des noms, familiers à nos oreilles d'enfants de cette époque : « Verdun, le Chemin des Dames, les Dardanelles ».

– Moi j'ai perdu ma patte en 1916, a dit le bosco. Je n'étais même pas en première ligne...

Un obus égaré qui nous est tombé dessus, au repos !

– J'étais dans la Somme, a repris Armand, sergent-chef dans la coloniale.

– Vous avez dû en baver.

– Plutôt, oui !

J'étais suspendu à ses lèvres. D'abord parce que comme la plupart de « ceux qui l'avaient faite », mon père ne parlait jamais de la guerre. Puis je me disais : « Va-t-il le lui dire ? Va-t-il raconter comment il m'a trouvé ? » Je n'en avais pas envie. Si quelqu'un devait raconter au bosco que j'étais un enfant de nulle part, il me semblait que c'était moi, personne d'autre.

Armand Bahuaud n'a rien dit. C'est un homme discret et qui sait tenir sa langue. Ensuite, maman Bahuaud a servi le café, sorti les gâteaux. On a parlé de tout, de la Bretagne, de la Vendée, des vaches ; des bateaux, presque pas. Armand a seulement demandé à Malamok s'il pensait que les grands voiliers étaient là pour longtemps.

– Pour quelques années encore, mon camarade ! Certains sont déjà partis pour l'abattoir... enfin, pour les chantiers de démolition. Les autres suivront.

– Je ne comprends pas, a dit Armand Bahuaud. Voilà des bâtiments qui semblent être en parfait état, certains paraissent même neufs, et on les démolit !

Malamok n'avait pas envie de parler de ces choses-là, pas à un terrien. Il s'est servi une

« rincette » que lui proposait mon père, puis il a haussé les épaules.

– C'est la vie, a-t-il murmuré.

Au bout d'un moment, Béniguet ne pouvait plus tenir en place. Alors je l'ai pris par la main, je lui ai présenté Brisquet et Azor, nos deux chiens, les chats, les poules, les chevaux, les lapins. Il me suivait, ravi, en répétant :

– « Sien », gentil, « Sien », mon camarade.

Heureusement que ne traînait aucun poisson !

Ils sont partis vers six heures. Malamok a remercié maman Bahuaud, puis il a ajouté :

– Rassurez-vous, madame, nous ne sommes pas des brigands. Je vous en donne ma parole de marin ; avec moi, votre petiot n'apprendra ni à jurer, ni à chiquer, ni à se battre, ni à boire. Mais dame, il prendra peut-être le goût du large et celui du rêve.

– C'est bien cela qui me fait peur, a répondu maman, si bas que je ne suis pas certain de l'avoir entendu.

BARBE D'OR

Les vieux marins ont dans leur mémoire tout un lot d'histoires plus merveilleuses les unes que les autres : poissons fabuleux, vagues gigantesques, îles paradisiaques ou hostiles, capitaines de légende... Malamok était évidemment de cette race de conteurs. Maintenant que je prends de l'âge, ma tête est encore pleine de tout ce qu'elle a enregistré cet été-là, sur le canal de la Martinière.

L'heure des grandes vacances avait sonné ; je disposais de tout mon temps ou presque. À la Chabossière, on me demandait seulement de m'occuper des lapins et de panser Cocotte, le bidet. Toutes les heures qui me restaient, au cours de ces interminables journées d'été, je les passais à bord de *Ia Ora Na* en compagnie du bosco et de Béniguet...

- Tu vois celui-là, Rogatien, le quatrième derrière nous ?

- Oui, c'est un trois-mâts barque.

- Très bien fiston ! Il s'appelle l'*Edmond-Rostand*, il a été lancé à Saint-Nazaire en 1900, et c'est le capitaine Dieulengard, un sacré marin, qui en a pris le commandement. J'étais encore matelot quand j'ai mis mon sac à bord. C'est même là que j'ai été embrassé par Sarah Bernhardt.

– Sarah Bernhardt... La dame qui fait du théâtre ?

– Elle-même, mon petit frère.

Je le regardais avec des yeux ronds.

– Figure-toi que nous étions à Dunkerque en même temps qu'elle, mais pas pour les mêmes raisons, bien sûr. Nous déchargions nos cales tandis que Sarah se produisait au théâtre. Or notre navire s'appelait *Edmond-Rostand*. Tu dois savoir qui c'est, toi qui t'use les yeux à force de lire...

– Le monsieur qui a écrit *Cyrano de Bergerac* ?

– Lui-même, mon gars. Et il paraît que c'était un grand copain de Sarah Bernhardt. Alors, il y a un terrien, un riche monsieur qui a eu l'idée d'inviter l'actrice à bord. Ils ont fait une sacrée nouba au carré, c'est moi qui te le dis ! Quand ça a été fini, comme j'étais matelot de coupée, je l'ai descendue dans mes bras, parce qu'elle était infirme. Arrivé en bas, qui c'est qui a été embrassé par la dame, eh bien c'est Malamok ! Voilà...

Souvent les histoires du bosco étaient plus tragiques, et la plupart tournaient autour des grands voiliers désarmés de la Martinière.

– L'autre, juste devant nous. Encore un trois-mâts barque. Le *Pierre-Antonine*, lancé en 1902 aux chantiers de Chantenay. Cette fois-ci, j'étais bosco à bord et j'ai bien failli faire mon trou dans l'eau, avec lui.

- Raconte, bosco !

Il ne demandait que cela.

- C'était en février 1913, petit. Nous étions par 50° de latitude sud et 77° de longitude est. Nous avions appareillé de Montevideo en Uruguay, avec 1 350 tonneaux de lest, et nous faisions route pour Newcastle, en Australie. La mer était grosse, mais pas démontée, nous filions bien nos douze nœuds, vent arrière, sous nos quatre huniers et notre misaine. Il était neuf heures du soir, peut-être un peu plus, quand tout à coup...

Il s'arrête, économe de ses effets...

- Tout à coup, quoi, bosco ?
- Core Malamok, core !
- Quand tout à coup, je suis projeté contre les plats-bords par un coup de roulis, comme je n'en avais jamais vu... Une lame, une lame énorme, venue tout droit du fond des enfers a déferlé par babord et s'est abattue sur le *Pierre-Antonine* ; j'ai senti le bateau se soulever au-dessus de la mer, j'ai entendu le lest qui ripait dans les cales avec un bruit terrible et je me suis dit : « Cette fois, c'est la bonne, mon pauvre Malamok, jamais tu ne reverras ton clocher. » Et puis...
- Et puis, quoi ?
- Core, bosco, core !
- Et puis tout s'est apaisé. Mais quelle pagaille,

mes pauvres enfants ! *Pierre-Antonine* était tombé en travers du vent, sa lisse de tribord était recouverte par plusieurs pieds d'eau. Il ne pouvait plus se relever. On a tout essayé, on a largué en bande les écoutes et les drisses de hune, on a envoyé les focs pour faire arriver le bateau. Rien à faire... Il restait couché sur le flanc, à la merci d'une vague un peu forte. Alors le capitaine nous a tous expédiés dans les cales, pour essayer de redresser le lest. On a pelleté comme des fous, pendant des heures, pour rien du tout. Notre sacré bateau ne voulait pas se redresser. Que faire, mes enfants, que faire ? Je vous le demande...

Bien sûr nous n'en savons rien ! Il prend le temps de bourrer sa bouffarde, consciencieusement, tandis que nous bouillons d'impatience.

– Dépêche-toi, bosco !

– Core !

– Voilà, voilà, j'arrive !

Il sort son briquet d'amadou de sa poche et allume sa pipe avec soin.

– Donc, nous étions mal en point, et c'est vraiment miracle qu'aucune vague un peu forte ne nous ait pas « capelé » à ce moment-là. Alors le vieux – tu sais, Rogatien, quand je dis « le vieux » ça veut dire le commandant – il a décidé de faire tomber la mâture. À coups de masse, nous nous sommes attaqués aux galhaubans, jusqu'à ce que *Pierre-Antonine* soit transformé en ponton. Ça me faisait bien mal au cœur, mais nous n'avions pas le choix... Le navire s'est relevé un peu, juste assez pour que nous puissions revenir au vent arrière. Alors le vieux a fait établir une voilure de fortune. Dieu merci le temps est resté maniable et nous avons pu rejoindre les atterrages de Sydney, où un vapeur nous a pris en remorque pour nous conduire au port. Voilà !

Malamok situe ainsi chaque voilier de la Martinière, soit qu'il ait navigué à bord, soit qu'il connaisse un ou plusieurs membres de l'équipage. Notre bosco est très populaire parmi les équipes de garde, sa réputation de fin marin n'étant plus à faire, mais, chose qui m'étonne, il ne les fréquente guère. Alors que la plupart d'entre eux font popote commune, se réunissent le soir pour une partie de cartes aluettes, ou tout simplement pour vider une bouteille, Malamok ne quitte pas sa goélette et nul n'y monte, sinon Béniguet et moi... Comme s'il était le gardien de quelque chose, on ne sait quoi.

Autre détail qui éveille ma curiosité, s'il est intarissable sur l'histoire de tous les grands navires réunis à la Martinière, il est remarquablement discret sur celle de *Ia Ora Na.* À plusieurs reprises, je l'ai questionné au sujet de la goélette, il m'a toujours répondu de manière évasive.

– C'est un fameux bateau, c'est tout ce que je peux t'en dire pour le moment, castor. Mais si elle pouvait parler celle-là, elle en étonnerait plus d'un, c'est moi qui te le dis !

Ainsi passaient les jours à la Martinière,

paisibles en apparence et cependant une angoisse lourde régnait sur le canal... Parfois il y avait branle-bas de combat sur les eaux mortes. Le Père Sans-Secousses se tenait au garde-à-vous près de son écluse, jusqu'à ce qu'apparaisse un remorqueur au long tuyau venu de Nantes ou de Saint-Nazaire. Alors l'éclusier ouvrait les vannes et le remorqueur se dirigeait vers sa victime. Il se mettait à couple d'un trois-mâts barque ou d'un quatre-mâts carrés, passait les aussières, tandis qu'à terre l'équipe de garde larguait les amarres... Doucement, mélancoliquement, le navire s'écartait des berges, tiré vers la sortie, vers le grand fleuve gris.

– Cette fois-ci, c'est le *Montcalm*, murmurait Malamok d'une voix sourde. Un trois-mâts barque des voiliers nantais. Sais-tu petit qu'il a failli être coulé par le volcan Krakatoa ? J'avais un cousin à bord, c'est lui qui me l'a dit.

– Où va-t-il Malamok ?

Il hausse les épaules et expédie un jet de salive jaunâtre sur l'eau verte du canal.

– Il va mourir petit. Et pas comme un bon bateau qu'il est ! Il ne va pas faire son trou dans l'eau aux abords du cap Horn, ni s'engloutir dans les eaux claires de la grande barrière de corail. Il ne va pas s'enfoncer, couvert de sa toile, pavillon haut comme disent ceux de « la Royale ». Non, tel que tu le vois, on va le remorquer jusqu'en Hollande, et là, il va être dépecé membrure par membrure, comme un bœuf à l'abattoir. Ça c'est pas juste, mon mousse, dame non !

Et Béniguet qui a du mal à suivre la conversation mais qui voit bien que son bosco est triste, répète à son tour :

– Pas juste ! Pas juste !

– Mais pourquoi font-ils ça, Malamok ? Tous ces bateaux sont en bon état, certains d'entre eux sont presque neufs. Pourquoi, bosco ?

Il tapote sa vieille pipe contre la lisse et secoue longuement la tête.

– Si je le savais, petit ! Si on m'expliquait pourquoi des navires qui rapportaient des mille et des cents avant la guerre sont maintenant bons à jeter aux chiens ! Probable que cette saloperie de guerre a tourneboulé les cervelles. Moi je te dis que la voile, la grande, celle du large est finie, que bientôt sur la mer il n'y aura plus que des boîtes à rouille, avec leur tuyau dégueulant la fumée et que personne ne verra plus ce spectacle inouï : un grand voilier, toute sa toile dessus, par jolie brise de trois quart arrière.

– Pourquoi ?

– Il paraît que les « mangeurs de charbon » sont plus rentables, qu'ils ne dépendent pas des caprices du vent, ni de la volonté de la mer. Moi je veux bien. Ce sont les armateurs qui décident, petit, pas les marins, et les armateurs pensent d'abord à leur porte-monnaie.

– Mais il en restera quand même !

– Des voiliers ? Quelques-uns peut-être, chez les

Norvégiens ou chez les Finlandais, et la reine d'Angleterre aura toujours un yacht. Mais quelque chose est cassé, et rien ne sera plus pareil. À quoi on va servir nous autres, les Jean-Gouin, les princes de la peaumelle ? À piquer la rouille et à nettoyer les cales ! Et pourtant on en savait des choses, mes petits frères. D'abord, bien sûr, il fallait posséder ce sens mystérieux qui s'appelle « sens de la mer ». Nous autres les Bretons de la côte, on apprenait ça en naissant, probable ! On savait à peine marcher qu'on godillait déjà comme des grands, qu'on barrait un canote au ras des cailloux et qu'on ne rêvait que d'une chose : partir un jour vers le grand large. Malgré ça, quand on était embarqué comme mousse et qu'on mettait notre sac à bord d'un grand cap-hornier, on s'apercevait très vite qu'on avait tout à apprendre... Et on l'apprenait à coups de bottes dans les fesses. C'était pas méchant et ça faisait rentrer le métier dans le corps. Au début, on se disait qu'on ne s'y reconnaîtrait jamais dans tant de nœuds, tant de voiles, et la première fois qu'on vous expédiait du côté du grand cacatois, tout là-haut dans la mâture, on avait envie d'appeler sa mère. Et puis, peu à peu, les choses se mettaient en place et un jour on devenait matelot premier brin, c'est-à-dire un véritable marin. Quand venait le moment où l'officier de quart vous confiait la barre à vous tout seul, par gros temps, et que vous saviez que la vie du bateau et celle de l'équipage reposait entièrement sur vous, sur votre vigilance, alors là, oui mes petits gars, vous vous sentiez un homme !

Le *Montcalm* a disparu derrière l'écluse... On n'aperçoit plus que sa mâture dénudée qui peu à peu s'estompe et s'efface à son tour. Malamok se passe la main sur le visage ; il semble las, tout à coup.

– C'était un métier de chien, c'est vrai. Quand on avait trop de misère du côté du cap Horn ou de la Tasmanie, nous jurions tous que c'était la dernière fois, et que si on s'en sortait, jamais plus nous n'embarquerions sur un bateau... Mais dame, c'était des paroles en l'air, c'est sûr, et sitôt sac à terre, on ne pensait plus qu'à rembarquer. Parce que ce métier-là, il nous collait à la peau !

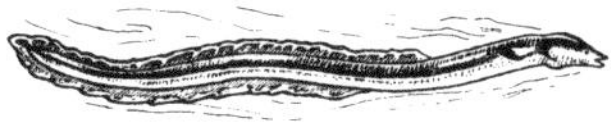

Ce jour-là, exceptionnellement, j'étais seul à bord de la goélette : Malamok avait dû se rendre à Paimbœuf, convoqué par l'Inscription maritime pour d'obscures questions de paperasses, et comme les hardes de Béniguet n'en pouvaient vraiment plus, il s'était fait accompagner de l'innocent afin de lui acheter des habits décents.

– Rogatien, je te confie le bateau, m'avait-il dit avant de partir. Tu ne laisses monter personne à bord. Personne !

– Bien sûr, bosco.

– Ouvre l'œil au bossoir, mon gars.

– Promis, Malamok.

J'étais donc seul et j'en éprouvais un étrange sentiment de puissance. Maître à bord après Dieu, l'égal du capitaine Nemo ou du capitaine Achab, et qu'importait si mon navire ne sillonnait pas les mers, qu'importait qu'il fût prisonnier de la fange du canal.

Ho ! les mouettes, ho ! les sternes, ho ! les cormorans... On est prié de saluer bien bas Rogatien Bahuaud, de la Chabossière, capitaine long-courrier, vainqueur des grands caps !

Je me suis installé derrière la barre, une grande roue de bois exotique, renforcée de lattes de cuivre. Je l'ai empoignée à deux mains et je navigue ! Toutes les histoires que m'a racontées Malamok, toutes celles que j'ai lues dans les livres me montent à la tête. Je suis au grand large quelque part dans les mers du Sud... Voici qu'une voile noire apparaît à l'horizon... Des pirates ! Des pirates malais, les plus cruels qui soient. Mon salut est dans la fuite. « Toutes les voiles dessus, garçons, et mettez du vent dedans ! » *Ia Ora Na* file sur la mer, belle, gracieuse, élégante comme un oiseau des îles. Mais les pirates sont partout, ils nous coupent la route. Il va falloir se battre. Déjà, certains essaient de nous aborder. Je hurle mes ordres : « Attention, garçons ! Défendez-vous, défendez-vous ! »

– Rassure-toi, mon petit, personne ne te veut du mal.

Emporté par mon imagination, j'en ai ma foi

oublié la réalité, et les consignes du bosco... Quelqu'un vient de me parler, là, tout près, derrière mon dos. Je me retourne.

– Qui êtes-vous ? Que faites-vous là ? Il est défendu de monter à bord !

Ils sont deux : un grand gaillard à barbe blonde, d'une trentaine d'années peut-être et à ses côtés une fille, une fille comme je n'en ai jamais vu, avec des cheveux noirs, épais, qui lui tombent sur les épaules et des yeux légèrement bridés. Elle me sourit, elle a des dents aussi blanches que celles des poupées de porcelaine. Sur son épaule est blotti un petit singe au long poil gris. Ils n'ont pas l'air d'être gênés ou intimidés. J'essaie de froncer les sourcils, après tout, c'est moi le gardien du bateau.

– Vous... Vous n'avez pas le droit d'être ici.

L'homme est vêtu comme un monsieur : canotier de fine paille et costume de lin immaculé. Il tend la main vers mon épaule et sourit lorsque j'esquisse un geste de recul.

– Où est ce vieux bandit de Malamok ? demande-t-il.

Bon, s'il connaît le bosco, ce n'est sans doute pas un ennemi.

– À Paimbœuf, monsieur, il ne devrait pas tarder à rentrer.

– C'est bien, dit l'homme, nous allons nous installer.

Ma parole, il fait comme chez lui ! Le voici qui pénètre dans la coursive et, sous mes yeux stupéfaits, se dirige vers la cabine du commandant, celle-là même où nul n'a le droit de pénétrer.

– Monsieur, mais...

Tranquillement, il sort des clefs de sa poche, ouvre tout d'abord le cadenas, puis la porte elle-même.

– Rassure-toi, mon garçon, daigne-t-il me dire. Je ne suis pas un voleur. Mon nom est Louis Quessac, plus connu dans la marine sous le sobriquet de Barbe d'Or... Voici ma fille, Maëva, quant au singe, il s'appelle Mister Mô. Tu es content ?

Content, je ne sais. Je les regarde, et je dois avoir l'air particulièrement abruti car la fille se met à rire aux éclats. Je dois dire que jamais jusqu'alors je n'avais entendu aussi joli rire !

LE SOURIRE DE MAËVA

Maëva. J'ai appris depuis que ce nom signifiait « Bienvenue » en tahitien. Maintenant que du temps, beaucoup de temps, s'est écoulé, je pense encore que nul être n'a été aussi « bienvenu » dans ma vie que cette gamine de mon âge, surgie d'on ne sait où pour débarquer brusquement sur les eaux verdâtres du canal de la Martinière. Au petit paysan des bords de Loire, elle aura appris tant de choses ! Le rire, la joie de vivre, la liberté, l'importance relative à attacher aux lendemains. J'ignorais tout d'elle, bien évidemment, lorsqu'elle m'est apparue sur le pont de *Ia Ora Na*, j'ignorais que coulait dans ses veines des sangs aussi mélangés que ceux d'un vieil aventurier nantais, d'une « Lady » anglaise, d'un commerçant chinois et d'une vahiné tahitienne ! Mais tout de suite, oui, j'ai été fasciné et je le suis encore lorsque, des années plus tard, je l'évoque dans ma mémoire.

Je n'avais pas osé les accompagner dans la cabine interdite. Je me tenais dans la coursive, me demandant ce que je devais faire, lorsque

Malamok et Béniguet sont rentrés de Paimbœuf.

– Ça va, mousse, rien à signaler ?

À ce moment, il a vu la porte de la cabine grande ouverte. Il a rougi, il a étouffé un juron et s'est précipité.

– Quel est le margouillat qui se permet de...

– Malamok, vieux requin !

– Capt'aine Barbe d'Or !

Je redoutais le pire, une bagarre au couteau, une empoignade à mort, et voici qu'ils tombaient dans les bras l'un de l'autre, qu'ils se donnaient d'amicales tapes dans le dos.

– Ça fait un moment que je t'attendais, capitaine Barbe d'Or.

– J'ai fait du plus vite que j'ai pu, Malamok !

– Alors ça y est, tout est paré ?

– Pas si simple, camarade, pas si simple...

Et voyant que je me tenais sur le seuil de la cabine, le capitaine est venu vers moi.

– Excuse-moi petit, mais ce que j'ai à dire ne regarde que le bosco. D'ailleurs, a-t-il ajouté, moins tu en sauras et mieux cela vaudra pour toi.

Il m'a fermé la porte au nez. Et comme je restais là, les bras ballants, tout décontenancé, j'ai senti qu'une petite main se glissait dans la mienne. Maëva !

– Viens, dit-elle, montre-moi le canal, les bateaux, les vaches... je veux tout voir.

Béniguet nous a suivis. Pour une fois, ce n'était

pas les poissons qui le fascinaient, mais la petite boule grise blottie sur l'épaule de Maëva.

– Le diable, murmurait-il en se signant. Le diable gris !

Maëva a éclaté de rire.

– Mais non, grand garçon, ce n'est pas le diable... Comment t'appelles-tu ?

– C'est Béniguet, ai-je dit.

Et d'un geste discret, j'ai porté mon index à la tempe. Maëva a tout de suite compris.

– Et toi, quel est ton nom ?

– Rogatien, Rogatien Bahuaud, de la Chabossière !

Elle s'est assise sur le plat-bord de la lisse, jambes pendantes au-dessus du pont ; j'ai remarqué alors qu'elle portait une robe longue à grands ramages. Elle a pris le singe sur ses genoux.

– Rogatien, a-t-elle dit gravement, et toi aussi Béniguet, je vous présente Mister Mô, né à Bornéo, là-bas, de l'autre côté de la terre. Mister Mô est très gentil ; il lui arrive bien sûr de faire des bêtises, mais qui n'en fait pas ! En tout cas, c'est mon ami et je veux qu'il soit aussi le vôtre. Allons Mister Mô, dites bonjour.

Le petit singe nous a dévisagés, puis il nous a tendu une patte que nous avons serrée. Béniguet en bavait de joie et répétait sans arrêt :

– Mister Mô, ami Béniguet. Pas le diable... Ami !

– Il n'y a qu'une chose qui m'inquiète, a repris Maëva, Mister Mô craint énormément le froid.

J'espère bien que nous aurons appareillé pour les mers du Sud avant l'hiver.

C'était comme si, tout à coup, un gros nuage noir était passé sur la Loire. Était-il possible qu'un jour *Ia Ora Na* s'en aille ?

– Parce que... parce que... vous comptez partir bientôt.

Elle a haussé les épaules.

– Ça dépend d'eux, a-t-elle dit en désignant la cabine où les deux hommes discutaient toujours. Enfin, je crois... De toute façon, je ne peux rien dire.

Le soleil commençait à baisser là-bas, du côté de l'estuaire. Le capitaine et le bosco continuaient leur discussion. Il me fallait partir.

– Au revoir, Maëva, à demain.

– À demain, Rogatien.

– Il faudra que tu viennes à la Chabossière ; je te montrerai mes lapins, les chiens, les chats, les chevaux... Et puis ma maman Radegonde. Tu verras, elle est gentille...

– J'irai, a-t-elle dit, j'irai si mon père le veut bien.

– Pourquoi ne le voudrait-il pas ?

– Parce que... il faut faire attention. Mais je ne peux rien dire !

Le lendemain, le temps était à l'orage, des nuages noirs s'accumulaient au-dessus du fleuve, et, dans le lointain, on entendait le roulement du tonnerre.

– Seigneur Jésus, où vas-tu par ce temps ? a soupiré maman Bahuaud en me voyant prendre ma pèlerine et ma casquette.

Elle avait une sainte horreur du tonnerre et des éclairs. Elle qui était si courageuse, je l'ai vue claquer des dents lors d'un orage violent, se réfugier au plus profond de sa maison et prier sainte Barbe qui, paraît-il, éloigne la foudre.

– Je vais jusqu'au canal, maman. Ne t'inquiète pas !

– Ce monsieur Malamok t'a ensorcelé, mon Rogatien. Et voilà que tu me parles d'un autre monsieur à barbe d'or, et d'une fille toute noire.

– Maëva n'est pas noire, maman, elle est dorée comme une pêche de vigne. Mais c'est vrai que ses cheveux sont comme des ailes de corbeau ; elle a un singe très mignon qui s'appelle Mister Mô...

Pauvre maman Bahuaud, elle n'a pu s'empêcher de se signer devant ce portrait qui pour elle sentait le soufre.

– Tu la verras, maman, je l'inviterai à la Chabossière.

Et vite je suis parti ; j'ai couru pour devancer l'orage... J'avais tellement hâte de me retrouver à bord !

C'est le capitaine Barbe d'Or qui m'a accueilli à la coupée, comme s'il m'avait guetté. Il avait troqué son élégante tenue de ville contre des vêtements plus marins qui mettaient en valeur ses muscles et sa carrure. Il m'a tendu la main.

– Bonjour, Rogatien...
– Bonjour, monsieur.
– Non, pas monsieur, dis-moi « cap'taine » comme tout le monde, j'aime mieux ça. Viens, suis-moi.

J'espérais qu'il allait me conduire à la cabine mystérieuse, mais c'est au carré que nous nous sommes installés.

– Assieds-toi, petit, m'a dit Barbe d'Or.

Il a sorti de sa poche un étui de laque orné de dragons, l'a ouvert, y a pris une longue cigarette à bout doré. J'attendais en silence qu'il eût fini.

– Le bosco m'a dit du bien de toi, Rogatien, et je sais qu'il sait juger les hommes. Mais maintenant que je suis ici, c'est moi le maître à bord.
– C'est vous le commandant du bateau ?
– Ce bateau appartenait déjà à mon père et j'en suis le patron. C'est une histoire compliquée, Rogatien, très compliquée. C'est justement pour cela que je voulais te voir.

Son visage s'est fait grave, tout à coup.

– Tant que j'étais au loin, a-t-il repris, aucune menace ne pesait sur *Ia Ora Na* et tu pouvais y venir en toute sécurité. Maintenant que je suis à bord, tout risque de changer ; il peut même y avoir du danger.
– Mais, pourquoi monsieur... Heu, cap'taine ?
– Comme je te l'ai dit hier, moins tu en sauras et mieux cela vaudra. Disons, si tu veux, que j'ai

des ennemis... des ennemis coriaces. Tu as quel âge, petit ?

– Douze ans... enfin, je crois...

Il a haussé les sourcils en me dévisageant.

– Comment ça, tu crois. Tu ne connais pas ton âge !

Ce n'était sans doute pas le moment de raconter les incertitudes de ma naissance, et pourtant je l'ai fait. Je lui ai dit comment Armand Bahuaud m'avait trouvé au cœur de la guerre, comment ensuite il m'avait adopté. Il ne m'a pas interrompu. Simplement, quand j'en ai eu fini, il m'a pris le poignet et l'a serré, très fort.

– C'est sans doute une raison supplémentaire pour que tu sois prudent, mon garçon... Songe à la peine de tes parents s'il t'arrivait quelque chose.

– Mais que peut-il m'arriver ?

– Rien... sans doute rien, mais...

– Vous voulez dire... vous voulez dire que je ne pourrai plus venir à bord ?

Incrédulité, désespoir, il devait y avoir tout cela dans l'espèce de cri que j'ai poussé. Barbe d'Or m'a longuement regardé. Je le sentais hésitant, mais n'osais rien ajouter.

– Je ne crois vraiment pas qu'en plein jour, il puisse arriver quoi que ce soit, a-t-il fini par dire. Donc je t'accorde la permission de venir ici tant que le soleil brille. Mais je ne veux pas te voir traîner dans les parages le soir, ni surtout la nuit. C'est bien compris ?

J'avais l'impression d'avoir échappé au pire et j'étais prêt à lui promettre tout ce qu'il voulait.

– Surtout, m'a-t-il dit en se levant, ne va pas te laisser entraîner par ton imagination. Je ne suis ni un marchand d'armes, ni un trafiquant d'alcool ; la police n'est pas à mes trousses et je ne cache pas de cadavre dans ma cabine. D'ailleurs, je peux te la faire visiter si tu veux.

Je le suivis sans mot dire et fus déçu : devant l'obstination de Malamok à la tenir fermée, j'en avais fait un endroit magique chargé de je ne savais quel mystère. Or la pièce où je me trouvais maintenant était des plus simples, même si elle était infiniment plus confortable que tout ce que j'avais vu auparavant à bord de *Ia Ora Na*. Une couchette d'acajou, sous laquelle il y avait quatre tiroirs, un bureau, des étagères couvertes de livres, un canapé de cuir craquelé. Les cloisons étaient peintes en blanc. Seule la présence d'un sextant, d'une paire de jumelles et d'un fusil au ratelier venaient mettre une touche d'aventure dans ce décor banal.

– C'est là que dormait mon père quand il commandait la goélette, a murmuré Barbe d'Or. C'est là aussi que je suis né, quelque part dans les mers du Sud, entre les Tuamotu et les Gambier. Ma mère, qui était fille de lord et qui tenait très fort à son flegme britannique, a accouché toute seule, sans une plainte, paraît-il. Elle a quand même vidé une bouteille de vieux scotch pour se donner du courage...

Je le regarde bouche bée, prêt à le suivre dans le récit d'une existence que je devine très mouvementée, mais il éclate de rire et me pousse vers la coursive.

– Bon, je ne vais pas te raconter ma vie, mon garçon ! Trotte-toi, va rejoindre Maëva. Et n'oublie pas, je ne veux pas que tu traînes par ici quand la nuit tombe !

Deux ou trois semaines ont passé et il faisait si beau, tout était si calme autour de nous, que tout mystère a paru s'envoler.

Maëva, Béniguet et moi, formions désormais un trio inséparable, un quatuor même si on veut y ajouter Mister Mô. Le petit singe gris s'était pris d'une affection particulière pour l'innocent, et c'est volontiers qu'il venait se blottir sur son épaule, chose qu'il ne faisait avec personne, si ce n'est avec sa maîtresse. Béniguet ravi, en oubliait presque ses poissons !

– Mister Mô et Béniguet, amis, répétait-il sans cesse.

Le petit singe adorait se faire gratouiller sous le menton et Béniguet y consacrait une grande partie de son temps. Ainsi pouvions-nous nous échapper de temps en temps, Maëva et moi.

Maëva chantait, Maëva dansait, Maëva riait. J'étais sous le charme. J'avais obtenu la permission de l'emmener jusqu'à la Chabossière. Maman Bahuaud l'avait tout d'abord regardée avec un peu de réserve, mais la petite métisse avait un tel pouvoir de séduction que cela n'avait pas duré bien longtemps. Maintenant ma mère déclarait à qui voulait l'entendre que cette gamine-là, c'était un ange du Bon Dieu, ce qui me faisait bien plaisir.

Je lui avais montré mes humbles trésors, mes livres bien sûr, une couleuvre verte lovée dans un bocal d'alcool, ma collection de timbres-poste ; nous avions visité les clapiers, les étables et je lui avais fait admirer la prestance de nos vaches de Vendée. Maëva avait admiré, mais je la soupçonnais de vouloir me faire plaisir. Elle connaissait le monde entier, elle avait voyagé à dos d'éléphant, ou de chameau, habité San Francisco et Zanzibar, elle parlait l'anglais, le tahitien, une autre langue qu'elle appelait le « bechlamar ». Tout cela lui paraissait naturel, presque banal. « *Aita péa péa !* » répétait-elle souvent. Très vite j'ai su que cela signifiait « aucune importance » en tahitien.

Elle adorait le mouvement, les jeux, elle avait une passion pour l'eau. Un jour je l'ai conduite sur ma plage, une toute petite anse donnant sur la Loire, dissimulée par des saules.

– On se baigne, s'est-elle exclamé.

J'avais été élevé comme un bon petit paysan nantais de l'époque, c'est-à-dire avec pudeur et même pudibonderie. Chez nous, on ne dévoilait pas son corps, on n'en parlait pas, on le suspectait plus ou moins d'appartenir au diable. Vous dire alors ma stupéfaction, mon désarroi quand j'ai vu Maëva abandonner sans plus de façon sa robe

à ramages et m'apparaître toute nue parmi les saules. J'ai rougi jusqu'aux oreilles, j'ai bien sûr détourné mes regards et j'étais sur le point de m'enfuir, quand Maëva m'a appelé.

– Eh bien quoi, Rogatien, tu dors ?

– Ben non... mais...

– Mais quoi, tu attends que l'eau se réchauffe ?

J'y suis allé ! Mais j'ai gardé sur moi mes caleçons longs de petit paysan.

REINE-MARIE DONNE L'ALERTE

Ce matin-là, lorsque, fidèle à mon rendez-vous quotidien j'ai débouché sur les rives du canal, un spectacle insolite s'offrait à moi : à hauteur de la goélette, sur le chemin de halage, stationnait une voiture automobile, disparaissant à demi derrière les hautes herbes. Des autos, j'en avais déjà vu, bien sûr ! Le châtelain du pays en possédait une, toute noire, avec laquelle il menait sa famille à la grand-messe et Joseph Foulonneau, l'épicier, venait de s'acheter une camionnette. Tout de même, ces engins n'avaient pas encore l'habitude de sillonner nos routes de campagne, et ici, à la Martinière, une telle présence était incongrue, d'autant plus que pour y parvenir sans verser dans une fondrière ou s'enliser dans un marais, il fallait bien connaître le pays !

Je me suis approché : au volant de la voiture – une Dedion-Bouton je m'en souviens – sommeillait un étrange chauffeur, un grand nègre qui ressemblait certes davantage à un frère de la côte qu'à un mécanicien de bonne maison. En me voyant passer, il a vaguement ouvert un œil, a esquissé un sourire puis a repris sa somnolence.

Que signifiait cette présence ? J'ai franchi la coupée. Le bateau semblait désert, je n'ai vu ni Maëva, ni Béniguet. Alors j'ai gagné la coursive et je m'apprêtais à appeler lorsque m'est parvenu le bruit d'une conversation. Cela venait de la cabine du capitaine.

– Tu es sûre de ce que tu dis, Reine-Marguerite ?

C'était la voix de Barbe d'Or.

– Sûre et certaine, mon canard. Je l'ai reconnu tout de suite !

Une voix inconnue, une voix de femme puissante, aux intonations vulgaires mais chaleureuses. À qui appartenait-elle ? Je sais, j'aurais dû tousser, manifester ma présence d'un manière quelconque, ou bien alors tourner les talons et regagner le pont. Je n'ai rien fait de cela ; à la fois parce que je n'osais pas et puis, il faut bien l'avouer, parce que la curiosité me dévorait : peut-être allais-je en savoir plus sur le mystère qui entourait *Ia Ora Na !*

– Il est arrivé à l'Étoile du Marin sur le coup de dix heures du soir. Il était accompagné de trois bonshommes plutôt louches et qu'on connaît bien sur les quais de Nantes. J'étais derrière mon bar, je l'ai reconnu dès qu'il a franchi le seuil. Jos Van Steen. Aussi vrai que moi je suis Reine-Marguerite Plusquellec !

– Mais lui, il ne t'a pas vue ?

– Penses-tu ! D'abord il ne s'attendait pas à me trouver là, sous un autre nom que celui qu'il me connaissait. Ensuite, mon petit Barbe d'Or, j'ai tellement changé depuis le bon vieux temps !

Enfin j'étais derrière mon zinc, avec la clarté d'une lampe entre lui et moi.

– Qu'as-tu fait ?

– Parmi mes serveuses, j'en ai une qui a oublié d'être bête. Une certaine Marie Le Foll, native de Concarneau. Je lui ai demandé d'assurer le service de la table de Van Steen et d'ouvrir toutes grandes ses oreilles, ce que la mignonne a fait, bien sûr.

– Et alors ?

– Alors, rien au début. Mais dame, ils buvaient sec, et à mesure qu'ils éclusaient du muscadet, leurs langues se déliaient. Marie n'a pas pu enregistrer toute la conversation, mais ce qu'elle a entendu m'a paru suffisamment grave pour que je vienne jusqu'ici, au péril de ma vie.

– Et alors ?

– Voilà : Jos prépare un coup avec ses acolytes... Marie a entendu parler de « Martinière », d'écluse, et même de goélette. Ça me paraît clair, non ?

– À moi aussi, a murmuré le capitaine Barbe d'Or. J'espérais bien que cette crapule avait perdu la trace de *Ia Ora Na*. Il semble malheureusement que non.

– Si je peux t'aider, mon canard... En souvenir d'autrefois et de ton papa que j'aimais comme un frère. Reine-Marguerite Plusquellec a de la ressource, tu sais !

– Je sais, Reine !

– Tu n'as qu'à lever le petit doigt. Dans les

vingt-quatre heures qui viennent, je te dénicherai la fine fleur du quai de la Fosse, anciens de la voile ou débardeurs des quais. Van Steen et ses malfrats auront intérêt à bien se tenir...

Il y a eu un silence, qui se prolongeait à tel point que j'allais tourner les talons, lorsque le capitaine a repris :

– Tu es gentille, Reine-Marguerite, mais cette fois, il faut que je règle mes comptes avec Jos Van Steen et que je les règle moi-même.

– Comme tu veux, fils, mais méfie-toi de cette bête puante.

– J'ai appris à le connaître.

– Tu ne veux pas au moins me confier la petite ? Le temps de régler tes comptes. Je ne l'hébergerai pas à l'Étoile du Marin, bien sûr, ce n'est pas un endroit pour une petite fille, mais j'ai un appartement du côté de la cathédrale et une vieille « carabassen », une ancienne bonne de curé, née à Lambezellec tout comme moi, un vrai dragon !

– Non, Reine-Marguerite. Je ne veux pas me séparer de Maëva. Peut-être devrons-nous partir précipitamment...

– Comme tu veux, Barbe d'Or.

– Merci, en tout cas.

– C'est normal, mon fils ! Faut que je m'en retourne maintenant. C'est Justin qui conduit ma carriole et avec ces chemins de traverse, je peux aussi bien me retrouver à Dunkerque, à Madrid ou à « Pétaouschnock » !

J'ai eu juste le temps de gagner l'avant de la goélette, sans que nul ne me remarque. Tout essoufflé encore, j'ai vu déboucher sur le pont le capitaine et Malamok accompagnés d'une étrange créature, une grosse dame qui, malgré ses cheveux blonds et son maquillage, m'a parue plutôt vieille. Elle était vêtue de rose et de violet, manipulait vigoureusement une ombrelle ornée d'oiseaux des îles. C'est elle qui m'a aperçu la première.

– Qui c'est, ce gamin ?

– Un ami, a dit le capitaine, Rogatien Bahuaud de la Chabossière. Rogatien, je te présente une dame que j'aime beaucoup : Reine-Marguerite Plusquellec, de Lambezellec, la mère des marins, la bonne hôtesse du quai de la Fosse. Certaines de ses consœurs s'emploient à gruger les matelots, pas elle. Plus d'un « Jean Gouin » lui doit la vie. Pas vrai Malamok !

– Que si, a dit le bosco. La dernière fois que je me suis sauvé devant les brasse-carrés *, c'est Reine qui m'a caché, le temps qu'ils m'oublient...

– Du passé tout ça, a dit l'hôtesse.

Elle m'a serré la main, si vigoureusement que j'en avais mal aux doigts, puis elle a descendu la coupée avec une légèreté insoupçonnable, elle a donné un petit coup d'ombrelle sur la tête de son chauffeur, brusquement sorti de son sommeil.

* Brasse-carrés : c'est ainsi que les matelots désignaient les gendarmes.

– Allez Justin, mon gars, on appareille...

Bientôt, la Dedion-Bouton a disparu vers Paimbœuf. Je la suivais des yeux, me demandant si je n'avais pas rêvé.

Lorsque Maëva est rentrée à bord, une demi-heure plus tard, les bras chargés de grandes marguerites, suivie comme son ombre par Béniguet portant Mister Mô sur son épaule, je lui ai parlé de la visite de la vieille dame trop fardée, sans lui dire, bien sûr, que j'avais écouté aux portes.

– Reine-Marguerite Plusquellec, a-t-elle dit. Je ne la connais pas, mais je sais que c'était une amie de mon grand-père. À Nantes, elle tient un café-pension de famille où elle héberge les marins en escale. Papa dit qu'elle est très riche et très gentille... C'est tout ce que je sais d'elle.

Avec cela, je n'étais guère plus avancé et j'avais tellement envie d'en savoir plus.

– Maëva, tu as connu tes grands-parents ?

– Lesquels ?

– Le père et la mère de ton père. Il m'a dit que ta grand-mère était la fille d'un lord anglais.

– C'est vrai. Elle s'appelait Alice Fairland. Pour ses vingt ans, son père lui a offert un tour du monde sur son yacht. Quand ils sont arrivés dans les îles du Sud, elle a rencontré mon grand-père qui faisait le commerce du coprah avec *Ia Ora Na*. Ils sont tombés amoureux l'un de l'autre et ils ont décidé de se marier. Forcément le lord anglais n'était pas du tout de cet avis. Il a piqué une colère folle et a déshérité sa fille, avant de repartir pour l'Europe. On n'en a plus jamais entendu parler. Quant à ma grand-mère, elle est morte avant ma naissance. Il paraît qu'elle était très belle, très originale et qu'elle adorait le whisky.

– Et ton grand-père, le capitaine ?

– Le père de papa ? Je ne l'ai pas connu non plus. Je crois bien qu'il est né tout près d'ici, à Trentemoult, mais il a vécu toute sa vie dans les mers du Sud. Avec *Ia Ora Na*, il est allé partout où un bateau peut passer, aux Hébrides et aux Salomon, aux Mariannes et aux Aléoutiennes. On dit de lui que c'était un fameux marin...

Pour une fois qu'elle consent à parler d'elle-même et des siens, je ne vais pas la lâcher si vite.

– Et ta maman, Maëva ?

– *Aué* ! C'est trop triste, Rogatien, je ne veux pas. Elle s'appelait Térii, elle était la plus belle, ma Métua vahiné * ! Un jour que *Ia Ora Na* était au mouillage en Nouvelle-Calédonie, elle est partie ramasser des coquillages. Il y en a tellement là-bas. Mais certains sont venimeux, comme les pires serpents. Térii en a pris un qui lui semblait le plus beau de tous, elle s'est fait piquer et elle est morte. *Aué !* J'avais six ans. Mon père a failli

* « Ma mère » (en tahitien).

devenir fou, tellement il l'aimait. Ni lui ni moi ne l'oublierons jamais.

Je n'ai plus envie de poser de questions mais après avoir essuyé une larme, Maëva me sourit.

– La mère de ma maman était une vraie vahiné, une tahitienne de race pure, mais elle s'était mariée avec un riche chinois, Chin Tunh Hing, le plus gros exportateur de coprah, de nacre et de vanille de la Polynésie. Si bien que dans les veines j'ai du sang jaune, du sang maori, du sang anglais et du sang français. Drôle de mélange, non ? Enfin *Aita Péa Péa !*

Béniguet s'est assoupi au pied du mât, Mister Mô serré sur son cœur. Et moi, je pense aux origines romanesques de cette fille brune aux yeux bridés et clairs qui est devenue mon amie. Moi qui ne sait même pas d'où je viens !

– Et toi ? me demande Maëva, comme si elle avait le pouvoir de lire mes pensées ; comment étaient tes grands-parents ? Est-ce que la mère de ta maman était aussi douce qu'elle ?

– Je ne sais pas, Maëva.

Elle me regarde, surprise.

– Ils sont morts avant que tu sois né ? Maman Bahuaud t'en a sûrement parlé.

Je ne lui avais rien dit, jusqu'alors, du secret de ma naissance mais après tout, autant qu'elle sache.

– Maman Bahuaud n'est pas ma vraie maman.

– *Aué !*

Dans la bouche de Maëva, cet « *aué* » tahitien

exprime, selon l'intonation, la joie, la douleur, la peur, la pitié. Cette fois il traduisit surtout sa stupéfaction.

– Pas ta vraie maman !

– Je suis un enfant trouvé, pendant la guerre. C'est papa Armand qui m'a sorti des décombres d'une maison en ruines, là-bas, sur le front, là où on se battait.

Il faut que je lui raconte tout en détail, enfin tout ce que je sais, ce qui ne va pas très loin.

– Quand la guerre a été finie, on a fait des recherches pour essayer de retrouver mes origines. Mais il paraît que nous étions des milliers d'enfants dans ce cas-là, alors tu penses ! En tout cas pour moi, on n'a rien trouvé, aucune trace, et les Bahuaud ont eu la permission de m'adopter. Voilà !

– Cela te fait de la peine ?

– D'être chez les Bahuaud ?

– Non, je veux dire, de ne pas savoir d'où tu viens.

Je hausse les épaules.

– Pas vraiment, mais je trouve ça énervant. Quelquefois, quand j'ai du mal à m'endormir, j'y pense très fort et très longtemps. C'est quand même important de savoir d'où l'on vient, ce que faisait son père, comment souriait sa mère...

– Tu sais, je ne sais rien non plus du château anglais de mon arrière-grand-père, ni du lieu de naissance de mes ancêtres chinois. Avec papa, nous ne sommes même pas passé à Trentemoult, le pays de son père. Alors tu vois...

– Oui, mais ce n'est tout de même pas la même chose.

– L'essentiel, dit Maëva, au bout d'un moment c'est de se sentir aimé, et d'aimer à son tour.

– C'est vrai, j'ai mon papa Armand, ma maman Radegonde, j'ai la Loire, et la Martinière, Béniguet et Malamok... Et puis je t'ai, toi aussi.

Elle a remué longuement la masse épaisse de ses cheveux noirs.

– Rogatien, a-t-elle murmuré, ne t'attache pas trop à nous. Nous sommes des oiseaux du grand large. Bientôt, nous partirons.

– Alors j'irai avec vous !

J'ai dû crier car Béniguet ouvre son œil noir, puis son œil bleu, et me sourit. Maëva a mis son doigt sur mes lèvres.

– Chut ! Ne dis rien. Ce n'est pas l'heure. Pour le moment, il fait beau, nous sommes ensemble, et je vais mettre mes fleurs dans un vase.

Malgré les avertissements de Reine-Marguerite Plusquellec, les jours de la Martinière avaient repris, au moins en apparence, un cours normal ; parfois un remorqueur à la triste cheminée noire faisait son apparition à l'écluse, passait une aussière à bord d'un grand voilier, sa victime désignée, et le déhalait vers le fleuve, vers son triste destin. Malamok serrait les poings, étouffait un juron, crachait sa chique, puis le canal retrouvait son immobilité première.

À bord de la goélette, tout était calme ou semblait l'être ; j'avais tout de même remarqué que le capitaine Barbe d'Or avait ôté le fusil du râtelier de la cabine, qu'il l'avait soigneusement révisé, graissé et, qu'au lieu de le remettre à sa place, il l'avait posé sur la grande table du carré, à portée de main. Quant à Malamok, il avait passé dans sa large ceinture de marin un coutelas bizarre à la lame torsadée.

– C'est un rriss, mon p'tit gars, ça vient de Malaisie. Bien utilisé, il est capable de faire de la bonne besogne, c'est moi qui te le dis !

Mais où étaient ces mystérieux ennemis dont on nous menaçait ? Le Père Sans-Secousses et son chien noir se tenaient tranquillement devant leur maisonnette, les équipes de garde, à bord des cap-horniers, occupaient nonchalamment les heures du jour. Il m'était arrivé d'aller patrouiller le long du canal, dans les grasses prairies où poussait le regain, au bord des fondrières en bordure de Loire, le long des vieux saules au tronc mangé par le temps. À part l'envol d'une pie, le glissement d'une couleuvre d'eau et la chasse d'un brochet, je n'avais rien vu, rien noté d'insolite. Où étaient donc les truands nantais qui devaient venir attaquer *Ia Ora Na ?* Je me disais que la grosse dame fardée devait avoir trop d'imagination.

Pourtant je n'avais pas rêvé, et j'étais persuadé que le capitaine n'avait pas pris à la légère les révélations de la « bonne hôtesse ». J'aurais donné cher pour en savoir davantage. Qui était ce Jos Van Steen, par exemple, pourquoi menaçait-il le capitaine Barbe d'Or, et de quoi ? Je savais que si je le questionnais, Malamok tiendrait sa langue et que, de plus, il me demanderait où j'avais appris tout cela. Je savais aussi que Maëva ne me dirait rien. Elle qui gazouillait sans cesse était capable de se murer dans un silence dont rien, ni personne, ne pouvait la déloger.

Alors j'essayais d'oublier. J'essayais surtout de ne pas penser à cette terrible évidence : la présence de *Ia Ora Na* et de son équipage dans les eaux vertes du canal ne se prolongerait pas indéfiniment. Un jour, bientôt peut-être, le navire appareillerait. J'avais tenu la promesse faite à Barbe d'Or et je quittais les lieux dès que venait le soir. Chaque matin, je me précipitais vers mes amis, avec une affreuse peur au ventre. « Peut-être sont-ils partis cette nuit ? Peut-être vais-je trouver la place vide ? »

Je n'étais rassuré que lorsque, par-dessus les saules, j'apercevais la fine mature de *Ia Ora Na*. Une fois à bord, j'oubliais mes angoisses ; la vie reprenait son cours, désormais familier. Malamok continuait à dévider ses merveilleuses histoires, ou bien il m'apprenait à faire des nœuds marins.

– T'as pas la tête trop dure pour un cul-terreux, castor ! C'est pas mal. Mais j'aimerais bien te voir en bout de vergue à carguer un hunier par gros temps ; j'aimerais aussi te voir barrer par gros vent arrière. T'as tout à apprendre, mon petit frère, c'est moi qui te le dis !

Je le savais bien !

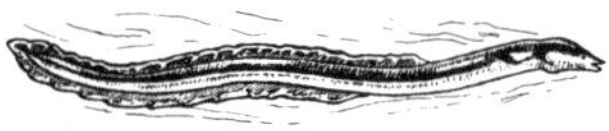

Pour le 15 août, nous sommes allés à Vallet, papa Armand, maman Radegonde et moi. C'est là-bas qu'habite Stanislas Guérin, mon « tonton », le frère de maman. C'est une tradition dans la famille : en cette mi-août, alors que les plus gros travaux de la ferme sont menés à bien, nous attelons Cocotte et confions la Chabossière à Pierre et Jeanne, sûrs de la laisser entre de bonnes mains.

Vallet, c'est le pays natal de maman Bahuaud,

là où elle vivait avant de rencontrer Armand. Elle y a une ribambelle de parents, d'amis d'enfance. Une quarantaine de kilomètres à peine séparent Vallet de la Martinière. Vallet est en plein vignoble du muscadet, sa « capitale » disent ses habitants. Lorsque maman Bahuaud aperçoit les premières vignes, son visage s'éclaire malgré elle et papa Armand lui dit en souriant : « Alors, Radegonde, tu es comme Cocotte, tu sens l'écurie. »

Le voyage dure longtemps, nous ménageons Cocotte qui commence à prendre de l'âge. Dès que la route monte un peu, nous descendons de la carriole pour soulager notre cheval.

Habituellement, j'aime bien cette expédition. Tonton Stanislas est resté vieux garçon, je n'ai donc pas à supporter la curiosité de cousins et de cousines. Puis la maison est belle, dorée par le soleil, agrémentée d'une énorme glycine que je n'ai jamais vue en fleurs. Mais cette année, le cœur n'y est pas. Avant de partir, le capitaine Barbe d'Or m'a donné sa parole de marin que *Ia Ora Na* n'appareillerait pas durant mon absence, et je le crois. Je suis certain de les retrouver à mon retour, mais malgré tout, un pressentiment étrange s'est emparé de moi. Ils me manquent... De temps en temps, tandis que nous cheminons, je surprends le regard de maman Bahuaud posé sur moi, un regard plein de tendresse, bien sûr, mais aussi chargé d'angoisse, d'appréhension, comme si elle me disait :

« Rogatien, tu n'es plus avec nous... Tu es là-bas avec tous ces gens étranges, venus d'on ne sait où... N'oublie pas que je suis là, et que je t'aime. » Et pour une fois, elle ne sourit pas lorsque, au sommet d'un coteau, nous découvrons le clocher de Vallet.

Notre séjour s'est déroulé comme à l'accoutumée. J'ai accompagné Tonton Stanislas dans ses vignes, j'ai grimpé dans le grand noyer de la cour, je me suis replongé avec plaisir dans la collection reliée du *Journal des voyages* de 1864.

Puis, nous avons fini par rentrer. Nous sommes arrivés à la Chabossière à la nuit tombée. J'ai dû attendre le lendemain pour me précipiter vers le canal. Je pousse un « Ouf » de soulagement en apercevant la mâture de « ma goélette », je passe devant la maison du Père « Sans-Secousses » je lui fais un petit signe de la main et m'apprête, vite, à continuer mon chemin, lorsque le vieil éclusier m'arrête.

– Attends, garçon !

J'obéis, étonné. Que me veut-il ?

– Ton bateau est en place, commence-t-il de sa voix tranquille.

– Oui...

– Tu sais bien que je ne me mêle jamais de ce qui ne me regarde pas, mais je voulais te dire...

– Quoi ? Sans-Secousses, dépêche-toi.

– J'ai comme l'impression qu'il se passe des choses pas très catholiques autour de la goélette. Par exemple, ce matin, je n'ai pas vu l'innocent et le singe. D'habitude, ils viennent me dire bonjour...

– Ils auront eu autre chose à faire !

– Peut-être, peut-être bien, mais il y a un autre détail.

– Quoi ? Je t'en supplie, parle plus vite !

– Je me suis levé avant l'aube, rapport à mon chien qui gémissait. Tu sais, il a un bon sommeil et d'habitude, rien ne le dérange. C'est un bon chien, mais pas un bon gardien, on ne peut pas dire... Alors j'ai vu.

– Quoi ? « Sans-Secousses », quoi ?

– J'ai vu passer dans les herbes des drôles de gars. Pas des gens d'ici, pas des matelots non plus. L'air de voyous des quais, de rôdeurs de barrière.

Aussitôt je pense à ce qu'a dit Reine-Marguerite Plusquellec, l'autre jour au capitaine, et mon cœur se met à battre plus vite.

– Où sont-ils allés ?

Le bonhomme hausse les épaules.

– Ils se sont envolés. Ils ont plongé dans le brouillard du matin et je ne les ai plus revus.

Déjà, je suis loin, je longe en courant les cap-horniers captifs. Je parviens à la hauteur de *Ia Ora Na* sans rien avoir décelé d'anormal. Poutant le bord m'apparaît étrangement silencieux. Personne sur le pont, alors qu'habituellement, lorsque j'arrive, il y a toujours quelqu'un pour me souhaiter la bienvenue. Bien sûr, ils peuvent tous être occupés à l'intérieur du navire. Quand même, je n'aime pas beaucoup cela.

Sans bruit je franchis la coupée, simple planche posée entre le bord et la rive du canal. Je m'approche de la coursive ; tout est calme, trop calme. Je m'apprête à appeler, lorsqu'une grosse patte me couvre soudain la bouche. Quelqu'un me guettait derrière la porte !

– Silence, toi, et avance !

Le moyen de ne pas obéir lorsqu'une poigne vigoureuse vous pousse dans le dos et que vous avez les jambes coupées par la peur !

– Plus vite !

Nous passons devant la porte de la cabine du capitaine, puis je suis précipité à l'intérieur du carré.

– Ce gosse est monté à bord, patron, et il semblait bien connaître les lieux !

Je regarde autour de moi, et le spectacle est tellement imprévu, tellement inquiétant aussi, que je mets quelques secondes avant de réaliser la situation.

Voyons... Le capitaine Barbe d'Or est assis à la table, les mains posées à plat devant lui. Dans un coin, Béniguet pleurniche tout en retenant Mister Mô qui paraît furieux. Le bosco est par terre, il n'a plus sa jambe de bois ! Quant à Maëva, un homme la tient devant lui, sans brutalité mais sans tendresse excessive non plus. L'homme est plutôt âgé, cinquante-cinq ou soixante ans, il est gros, rougeaud. À ses côtés, trois individus à mine patibulaire, armés de fusils. Avec celui qui me pousse, cela fait quatre !

– Qui est-ce ? dit l'homme rougeaud.

Le capitaine Barbe d'Or a l'air parfaitement calme.

– Le fils de cultivateurs du coin. Ce n'est pas lui qui t'apprendra grand-chose mon pauvre Jos, puisqu'il ne sait rien !

Ainsi, c'est lui, Jos Van Steen, celui dont Reine-Marguerite Plusquellec avait dit de se méfier ! L'équipage de *Ia Ora Na* semble être à sa merci !

– Va dans le coin, garçon, me dit Jos Van Steen, et ne t'avise pas de vouloir faire le malin. Malamok a essayé, il y a laissé sa jambe de bois, pas vrai, bosco ?

Pour toute réponse, Malamok expédie un jet de jus de chique à dix centimètres à peine des chaussures vernies du « Monsieur ».

Semblant se désintéresser de nous, Jos Van Steen vient s'asseoir devant le capitaine.

– Alors, tu refuses toujours de parler ?

– Même si je le voulais, je ne le pourrais pas. Je te l'ai déjà dit, Jos, je n'en sais pas plus que toi !

– Pourtant la lettre de ton vieux était claire ; je la connais par cœur : *Mon petit gars, quoi qu'il arrive, ne te sépare jamais de « Ia Ora Na ». Elle renferme un trésor dont personne n'a idée et qui vaut tous les lingots d'or, toutes les perles et les diamants du monde.* Il a écrit cela, oui ou non ?

– Le pauvre devait déjà délirer.

– J'étais à bord lorsqu'il l'a écrite, pas toi, et

je peux te jurer qu'il avait toute sa tête. Alors, ce trésor, Barbe d'Or, où est-il ?

– Cherche si tu le veux. Moi j'ai briqué les mers avec mon bateau des années durant, je le connais depuis la pomme de mât jusqu'au fond de la dernière soute. Tout ce que j'y ai trouvé ce sont des rats, des cafards, mais de trésor, bernique.

Jos Van Steen dévisage le capitaine, avec un soin extrême. Un regard cruel, implacable.

– Je ne te crois pas, Barbe d'Or, finit-il par lâcher. Mais si tu dis vrai, si tu n'as rien trouvé, c'est que tu n'as pas su chercher. Moi je saurais. Même si je dois dépecer ce sacré bateau, bordé par bordé, je te jure que je le trouverai !

– Encore faudrait-il que *Ia Ora Na* soit à toi !

Jos Van Steen est sur le point d'ajouter quelque chose, mais il se ravise, et se tourne vers ses acolytes.

– Allons-y, leur dit-il.

– Sans trésor ?

– Je vous paie pour faire un boulot, pas pour rêver.

– Vous êtes le chef, m'sieur.

À nouveau, Van Steen s'est tourné vers le capitaine.

– Je m'en vais, Barbe d'Or, mais ne te crois pas quitte pour autant. Tu auras de mes nouvelles bientôt, très bientôt.

– Mon pauvre Jos, tu ne me fais pas peur. Tu as toujours été un petit malfrat rêvant à de grands coups qui rataient toujours, un tricheur sans envergure.

– Tu as fini ?

– Oh oui ! Le jeu n'en vaut pas la chandelle.

– Bon, nous emmenons la petite.

D'un bond, le capitaine s'est levé. Moi, je me suis précipité vers Maëva, le temps de prendre une énorme gifle qui m'a envoyé à demi assommé dans le coin où se tient Béniguet.

– Allons, dit Jos Van Steen. Du calme. Je ne veux pas vous avoir sur le dos avant d'être en sécurité. Donc vous allez rester ici bien gentiment ; comptez jusqu'à mille par exemple, et la gamine reviendra. Mais si vous essayez de nous suivre...

Ils sont partis. Peu à peu, je reprends mes esprits, aidé par Béniguet qui me frictionne le dos. Malamok ramasse mélancoliquement le morceau de sa jambe de bois qu'une balle a brisé. Mister Mô, dans un état de rage indescriptible crache des injures.

– Du calme, les enfants, dit Barbe d'Or. Je connais bien Jos Van Steen. Il ne fera aucun mal à Maëva.

Elle est apparue cinq minutes plus tard. Elle semblait trouver tout cela normal !

– Ils m'ont lâchée après l'écluse, dit-elle. Ils avaient une voiture cachée dans les fourrés. Ils sont partis en direction de Nantes.

– Qu'ils crèvent, a dit le bosco, et qu'ensuite ils rôtissent dans la marmite de Satan.

– Chaque chose en son temps, Malamok. Pour le moment, nous allons nous préoccuper d'une nouvelle jambe de bois.

– Vous... vous n'avertissez pas les gendarmes ?

La question me brûlait les lèvres.

– Non, Rogatien. Les gendarmes ne serviraient à rien. D'ailleurs, ils n'aiment pas beaucoup se mêler de ce qui peut se passer à bord d'un bateau.

J'avais pris la gifle en plein dans l'œil... Demain il serait au beurre noir, et il me faudrait trouver des explications pour maman Bahuaud.

– Mais pourquoi, tout cela, capitaine ?

Il m'a serré l'épaule bien fort.

– Tu as le droit de savoir, maintenant que tu t'es battu à nos côtés... Je promets de tout te dire. Quand le moment sera venu.

J'ai dit à maman Bahuaud que j'étais tombé en jouant ; je ne pouvais tout de même pas lui parler des voyous de Nantes, de Jos Van Steen et du reste ! Elle a longuement secoué la tête en me dévisageant, comme si elle n'était pas dupe.

– Tu rousines * de trop, mon Rogatien, a-t-elle soupiré. Heureusement que l'école recommence dans quinze jours, cela te remettra les idées en place !

L'école, je préférais ne pas y penser. J'aurais tellement voulu que cet été miraculeux se prolongeât à jamais, et même si cela n'allait pas sans risques !

Maman Bahuaud m'a collé sur l'œil une sorte de cataplasme à base d'oignons bouillis et de je-ne-sais-quoi. Cela m'a soulagé presque instantanément. À mon réveil, mon œil était délicatement cerné de bleu violet, mais je n'avais plus mal.

Le capitaine Barbe d'Or a tenu sa promesse dès le lendemain. Le bord avait retrouvé son calme habituel, à croire que l'incursion de Jos Van Steen et de ses comparses n'était qu'un mauvais rêve. Quand je suis arrivé sur *Ia Ora Na*, Malamok m'a accueilli à la coupée ; il avait récupéré une autre jambe de bois.

* Rousiner : mot du patois nantais qui signifie traîner.

– Le « Tonton » est dans sa cabine, castor. Il t'attend. Il paraît qu'il veut te parler.

Barbe d'Or m'a fait asseoir sur le vieux canapé de cuir racorni, puis tout aussitôt, il a commencé son histoire :

– Mon père est mort en 1904, sur cette même couchette que tu as devant les yeux. La goélette était au mouillage dans le lagon de Raroïa, la plus grande île des Tuamotu, attendant son chargement de coprah. Lui qui avait briqué le Pacifique de Vladivostok jusqu'aux glaces de l'Antarctique, affronté les typhons, chassé la baleine, qui avait été roi d'une tribu des Nouvelles-Hébrides, voilà qu'il est tombé brusquement malade... Les ressources médicales de Raroïa étaient plutôt inexistantes à l'époque. Il s'est couché, il a avalé toutes les drogues que les sorciers de l'île avaient préparées pour lui, sans résultat aucun... Il est mort doucement, au bout d'une semaine, sans qu'on ait vraiment su de quoi.

– Vous étiez à bord ?

– J'aurais bien voulu ! Jusqu'à l'âge de dix ans j'avais vécu sur la goélette, heureux comme un prince, libre comme l'air ! Mais mon père a décrété un jour que si je voulais lui succéder, il fallait que je m'instruise, que je passe mes diplômes de capitaine. Donc il m'a mis en pension à Suva, la capitale des Fidji, dans un établissement tenu par des presbytériens anglais. J'y ai appris le cricket, le badminton, le hockey sur gazon et le rugby. Mais, malgré le système d'éducation plutôt débonnaire des missionnaires, j'étais aussi malheureux qu'un oiseau en cage. Dès que je le pouvais, je gagnais la plage, je regardais les voiles au loin et je me disais : « Un jour *Ia Ora Na* viendra me chercher. Il faut attendre, il faut tenir. » J'avais quatorze ans lorsque le directeur m'a fait appeler dans son bureau. Jos Van Steen se tenait devant moi, une lettre à la main...

– Jos Van Steen !

– Lui-même. J'ai oublié de te dire qu'il était second capitaine de la goélette. Mon père l'avait embauché quelques mois auparavant, et d'après ce que j'en savais, il en était assez satisfait. Il lui reprochait seulement d'être trop dur avec les hommes de l'équipage et d'avoir tendance à fréquenter les bars et les maisons de jeux. Mais il lui reconnaissait de grandes qualités de marin et c'était primordial à ses yeux. Jos devait avoir à peu près trente ans à l'époque et il était plutôt avare de confidences concernant son passé.

Barbe d'Or s'est levé, a ouvert un tiroir sous la couchette et en a tiré une lettre toute jaunie.

– Jos m'a remis cette lettre, Rogatien. C'est elle qui est à l'origine de ton œil au beurre noir, si on y réfléchit ! Je la connais par cœur ou presque, je vais te la lire tout de même.

Avec mille précautions, il déplie le papier racorni.

Mon garçon,

Quand tu liras ceci, j'aurais filé ma chaîne par

le boutte. J'avais toujours rêvé, lorsque viendrait mon heure, de faire mon trou dans cette eau transparente du Pacifique, mais que veux-tu, Poséidon en a décidé autrement et je m'en vais d'une banale maladie de terrien, dont je ne sais même pas le nom. Bah, dormir au pied des cocotiers, juste en face de la passe du lagon, ce n'est pas si mal non plus !

Tu vas te trouver bien seul, mon pauvre garçon. Du côté des lords de ta famille maternelle, je crains bien qu'il ne faille rien attendre et de mon côté, il y a longtemps que je n'ai plus aucun parent. Mais tu es de bonne race, tu t'arrangeras pour tenir bon, j'en suis sûr !

Un jour, tu seras à ton tour maître à bord après Dieu, à la dunette de « Ia Ora Na » qui est une belle et bonne fille. Contrairement à ce que tu crois sans doute, le bateau ne nous appartient pas, enfin pas entièrement. À la suite d'une série de mauvaises campagnes, j'ai dû céder plus de la moitié des parts à Chin Tunh Hing, un gros commerçant chinois de Papeete. C'est un requin en affaires, mais nous nous aimons bien. Il m'a promis de te rendre la barre de la goélette dès que tu serais apte à la tenir, je sais que tu y parviendras, et vite !

Autre chose, mon petit gars, autre chose de très important. Quoi qu'il arrive, ne te sépare jamais de « Ia Ora Na » ; elle renferme un trésor dont personne n'a idée, un trésor qui nous appartient en propre et qui vaut tous les lingots d'or, toutes les perles et les diamants du monde. Il est bien caché, mais un jour, je sais que tu le découvriras.

Voilà garçon, j'aurais encore tant de choses à te dire, et je n'en ai plus la force.

Adieu fils. Parahi oé... Tirara parau ! *

Alexandre-Antoine QUESSAC

Barbe d'Or a soigneusement replié la vieille lettre, l'a remise à sa place, dans le tiroir. Moi je rêve à tout cela, à cet Alexandre-Antoine, coureur d'océan et aussi à ce trésor qui est là, quelque part sous mes pieds, ou au-dessus de moi, mais qui est là, puisqu'il existe et que personne jamais ne l'a trouvé. Barbe d'Or a pris le temps de retirer une longue cigarette à bout doré de son étui de laque.

– Tu veux savoir la suite, petit ?

– Oh oui, capitaine ; s'il vous plaît !

– J'ai eu beaucoup de chagrin, j'aimais et admirais mon père plus qu'aucun être au monde. J'étais très seul, mais Chin Tunh Hing, l'associé chinois a été avec moi d'une gentillesse sans égale. Les Chinois sont souvent ainsi, intraitables en affaires et très généreux avec leurs amis. À chaque vacances, je regagnais Papeete et j'étais reçu comme un fils dans son luxueux faré. Chin était marié à une vahiné de race pure, dont on disait qu'elle descendait de la reine Pomaré. Ils avaient une fille Térii, un peu plus jeune que moi. Les métisses de Chinois et de Polynésiennes ont la réputation d'être les plus belles au monde, et

* Tahitien : Adieu, j'ai fini d'écrire.

Térii l'était encore plus que les autres. Nous nous sommes aimés dès que nous nous sommes aperçus, et nous nous sommes mariés quand j'ai eu dix-neuf ans et un brevet en poche... C'est la maman de Maëva.

– Je sais, elle me l'a dit.

Il secoue les épaules comme pour se débarrasser de souvenirs obsédants.

– Ensuite, j'ai pris le commandement de *Ia Ora Na.* Térii a voulu vivre à bord, comme ma mère l'avait fait avant elle. Tu vas me dire : « Et le trésor ? » J'ai cherché, Rogatien, j'ai cherché partout, et j'ai fini par me dire que mon père avait dû inventer tout ceci dans son délire. Ou seulement voulait-il me lier à ce bateau qu'il aimait, de façon à ce que je ne m'en sépare jamais. Je ne sais pas !

– Mais, Jos Van Steen...

– Ce cancrelat ! Ce que j'ignorais alors, c'est qu'il avait eu l'indélicatesse de lire la lettre que mon père lui avait remise à mon intention. Et, bien sûr, dès qu'il a vu le mot trésor, il n'a plus eu qu'une idée : s'en emparer. Il a commencé par essayer de racheter les parts de Chin Tunh Hing. Celui-ci a refusé et comme Jos insistait un peu trop lourdement, il l'a débarqué de *Ia Ora Na.* Jos a disparu alors je ne sais où et j'avais oublié jusqu'à son nom lorsqu'un jour, en Nouvelle-Guinée, il a essayé d'investir le bateau par la force, à la tête d'une équipe de forbans. Nous avons été sauvés à la dernière minute par l'arrivée d'un patrouilleur britannique, mais j'avais eu le temps de le reconnaître. J'étais désormais sur mes gardes et bien m'en a pris, car il y a eu d'autres tentatives de sa part, sous des formes différentes... Tu viens d'assister à la dernière !

– Pourquoi le bateau est-il ici, à la Martinière ?

– Il a été réquisitionné durant la guerre, par la Marine nationale. Et ces braves amiraux, au lieu de l'utiliser dans les mers du Sud ont jugé bon de le faire venir en France... Après la guerre, j'ai eu des problèmes d'argent, des problèmes de paperasses aussi. Si bien que j'ai dû accepter de voir le bateau désarmé en attendant que les choses s'arrangent. Maintenant mes affaires vont mieux...

– Alors, bientôt vous allez partir !

– Dès que nous le pourrons, Rogatien. Nous sommes un peu tous comme Mister Mô, nous sommes des animaux des tropiques et risquons de dépérir dans la froideur de l'Europe.

– Mais, où irez-vous ?

Il a un geste de la main.

– Là-bas, vers le sud. *Ia Ora Na* commence à vieillir, mais elle est solide. Il y a encore du coprah et de la nacre à transporter.

– Et vous ne reviendrez jamais en France ?

– Jamais est un mot que j'ai banni de mon vocabulaire depuis bien longtemps, Rogatien. Mais il est sûr que tout ce qui fait notre vie, du moins la mienne et celle de Maëva, est là-bas. Nos amis, notre pays, les odeurs que nous aimons, les mots que nous utilisons.

– Vous emmènerez Béniguet ?

– S'il le désire. Il est seul au monde, personne ne l'attend.

– Moi aussi, je suis seul au monde ! Je ne connais ni ma patrie, ni mes parents. Moi aussi je pourrais aller avec vous !

Il vient à moi, m'oblige à me lever, me fixe dans les yeux.

– Rogatien, mon garçon, est-ce que tu penses vraiment ce que tu dis ?

Je réfléchis, ou plutôt je fais semblant, pour gagner ne serait-ce qu'une seconde ou deux.

– Allons, réponds-moi !

– Ben non, capitaine. J'ai ma maman Bahuaud, mon papa Armand, la ferme... Cocotte, mes lapins, les vaches...

– Et tu les abandonnerais sans un regret ?

Des regrets, bien sûr que j'en aurais. Je sais bien que j'aime mes parents adoptifs plus que tout au monde, que mon pays est ici. Mais eux, ils m'ont ouvert la porte du large avec leurs histoires. Pourquoi avaient-ils le droit d'y pénétrer et pas moi !

– Allons, Rogatien, nous ne sommes pas encore partis. Profite des beaux jours. Et dis à tes parents que dimanche, nous les invitons tous les deux. Quand Malamok le veut bien, c'est un remarquable cuisinier. Les boscos savent tout faire, c'est bien connu.

Ils ont commencé par refuser. Un paysan du pays de Retz à bord d'un bateau, cela leur paraissait incongru. Mais je les ai tellement suppliés qu'ils ont fini par accepter. Pour me faire plaisir, certainement, et puis sans doute aussi parce qu'ils étaient curieux de découvrir ce monde étrange ! Armand Bahuaud a revêtu l'étroit costume noir réservé habituellement aux mariages et aux enterrements. Maman Bahuaud a mis sa coiffe des grands jours. Nous sommes allés ensemble, par les prés et les oseraies. Quand maman Bahuaud a franchi la coupée, je n'ai pu m'empêcher de penser qu'elle aurait eu le même visage si elle avait dû gravir les marches de l'échafaud.

La table du carré était recouverte d'une nappe blanche que Maëva avait jonchée de fleurs des champs. Les assiettes blanches étaient marquées du nom *Ia Ora Na*. J'ai vu que Maman Bahuaud était sensible à la propreté de toute chose.

C'est Maëva qui a apporté le premier plat. Dans une grande coupe, on apercevait des cubes blanchâtres, agrémentés de tranches d'oignon. Et comme nous, les Bahuaud, nous regardions cela avec circonspection, Maëva a éclaté de rire.

– Vous goûtez, a-t-elle dit. Si vous n'aimez pas, vous laissez. Après, je vous dirai ce que c'est.

Bravement, nous nous sommes jetés à l'eau. J'ai trouvé cela délicieux. C'était du poisson sans doute, mais avec un goût nouveau que je ne lui connaissais pas. Armand Bahuaud avait également l'air de prendre plaisir à ce mets inconnu. Quant à maman Radegonde, après avoir un peu chipoté, elle a hoché la tête en signe de compliment. Notre cordon-bleu se régalait.

– Et maintenant, a dit Maëva lorsque tout fut mangé, devinez !

– C'est certainement du poisson, a dit maman Bahuaud, mais franchement, mignonne, je ne vois pas quelle espèce, pas plus que je ne devine son mode de cuisson.

– C'est du thon, maman Bahuaud.

– Doux Jésus. Et comment est-il cuit ?

– Il n'est pas cuit !

– Il est cru !

– Enfin, pas vraiment. Il a macéré deux ou trois heures dans les jus de citrons verts. Ensuite je l'ai bien égoutté, je l'ai rincé à l'eau fraîche. J'ai assaisonné avec du sel, du poivre, un peu de lait, de la noix de coco râpée. Avouez, maman Bahuaud que cela vous change du brochet au beurre blanc.

Ma pauvre mère n'en revenait pas. Lui avoir fait manger du poisson cru, à elle ! Heureusement, la suite du repas a été plus classique. Malamok avait mijoté un rôti de veau accompagné de carottes et de petits pois beaucoup plus adapté à nos palais nantais.

Tout était calme, paisible. Je les regardais tous à la dérobée. Était-il possible que quelques jours plus tôt, dans ce même carré, Jos Van Steen et ses sbires nous aient menacés de leurs armes ?

Était-il vraisemblable d'imaginer qu'un fabuleux trésor se cachait quelque part, tout près de nous, peut-être !

Était-il surtout pensable de se dire que bientôt, tout cela aurait disparu, et que je serais seul ?

LA MENACE

J'ai apporté des poires mûres à point, une tarte confectionnée par maman Bahuaud, et un litre de cidre doux. Nous nous sommes installés à l'avant de la goélette : Béniguet gratouille consciencieusement le cou de Mister Mô, en pleine béatitude ; Maëva et moi sommes suspendus aux lèvres de Malamok, lancé dans une de ses éternelles histoires...

– C'est la fois où on a failli mourir de faim sur un damné îlot, pas loin des îles Auckland, en Nouvelle-Zélande. C'était sur l'*Anjou*, capitaine Le Tallec. Nous avions appareillé de Sydney, en Australie, avec un plein chargement de blé pour Falmouth, en Angleterre. La brise donnait du sud-ouest et le temps était brumeux. C'est pour ça qu'on n'a pas vu à temps une ligne de brisants et le bateau est venu donner en plein dedans ! Il était huit heures du soir, le navire s'embrochait de plus en plus sur les cailloux, en même temps que le vent fraîchissait et soufflait maintenant en tempête, et que la nuit tombait, une vraie nuit noire où on ne voyait rien ! Ah ! mes pauvres enfants. On a passé des heures épouvantables. Le temps était trop mauvais pour essayer de mettre une baleinière à la mer et, pendant ce temps-là, le navire se démolissait sous nos pieds et s'enfonçait de plus en plus. Encore une fois j'ai bien cru que ma dernière heure avait sonné, c'est moi qui vous le dis. Enfin, au matin, le vent a molli et nous avons pu mettre nos baleinières à l'eau. Il était temps, nous étions à une encablure du navire quand nous l'avons vu disparaître. Il y avait une île devant nous, pas bien loin, un mille peut-être, mais dame, pas bien attirante. Imaginez une falaise noirâtre de cinq cents mètres de haut, sans le moindre abri, sans la moindre plage. On a tourné longtemps autour d'elle, les doigts gelés sur les avirons. On a fini par repérer un passage et par se retrouver sur une grève battue par des rouleaux qui ont écrasé les embarcations. C'était le 8 février. Nous sommes restés là jusqu'au 7 mai, trois mois à jouer les Robinsons sur un roc dénudé où rien ne poussait... Et avec ça, tempêtes sur tempêtes, à en devenir enragés.

– Et qu'est-ce que vous mangiez, Malamok ?

– Bah, ce qu'on trouvait : des coquillages, des albatros, des veaux marins... Et puis aussi des moutons sauvages qui gambadaient sur l'île. C'était pas la mauvaise vie, s'il n'y avait pas eu ces damnées tempêtes.

Et tout à coup, nous le voyons s'interrompre ; son teint vire au rouge brique, ses mains se crispent sur le tuyau de sa bouffarde.

– *Gast Maloru*, bredouille-t-il, regardez qui vient là !

Nous nous retournons, Maëva et moi. Vêtu comme un milord, une fleur à la boutonnière, un canotier de fine paille enfoncé sur la tête, c'est Jos Van Steen en personne ! Nul malfrat ne l'accompagne cette fois et il paraît être d'excellente humeur.

– Bonjour ! Bonjour ! N'ayez crainte, je viens en ami.

Malamok s'est emparé d'une barre de bois qui traînait sur le pont et, tout clopinant, il rejoint la coupée où il se campe, l'air farouche.

– N'approche pas, bandit, dit-il à Jos. Si tu franchis cette planche, je te fends le crâne, c'est moi qui te le dis.

Jos Van Steen agite ses mains, gantées de beurre frais pour la circonstance.

– Allons, allons, vieil éclopé, gardons notre sang-froid. Je voudrais simplement parler au capitaine Barbe d'Or.

Béniguet, effrayé, s'est caché sous une toile à voile en compagnie de Mister Mô. Maëva et moi avons saisi ce que nous trouvions, moi une gaffe, elle un marteau, et résolument, nous sommes venus prendre place aux côtés du bosco.

– Le fier équipage que voilà, ironise Van Steen. Rangez ces choses, mes petits poussins. Puisque je vous dis que je viens en ami. Je suis seul et sans arme, je vous en donne ma parole.

– On sait ce qu'elle vaut, ronchonne Malamok. Tu vendrais ta mère pour un demi-dollar !

– Pas d'insultes, maître d'équipage. Et puisque vous ne voulez pas me laisser monter à bord, je vous prie de prévenir le capitaine. Dites-lui que le sort de *Ia Ora Na* en dépend.

Je reste près du bosco pour surveiller l'ennemi, tandis que Maëva s'en va chercher son père.

– Cher Barbe d'Or, susurre Jos Van Steen en voyant surgir ce dernier de la coursive, je suis heureux de te voir. J'aimerais que tu m'accordes un entretien privé. C'est très important cher ami, je dirais même essentiel.

– Pas question que tu montes à bord Jos. Mais tu peux parler si tu veux.

– Je te préviens que c'est assez confidentiel.

– Je n'ai de secret pour aucun de ceux qui sont là.

– Comme tu voudras. Cela n'a en fait aucune importance.

– Que veux-tu, fripouille ?

– Allons, ce n'est pas ainsi qu'on parle à son propriétaire, mon cher capitaine. Un peu d'aménité, je vous prie !

– Toi, mon propriétaire !

Jos Van Steen sort un papier de sa poche et l'agite au soleil.

– Regarde ça, Barbe d'Or, et ravale tes injures.

D'un seul coup son ton est devenu menaçant :

– Regarde... Sais-tu ce que c'est ?

– Qu'as-tu encore manigancé ?

– Tout simplement un papier officiel signifiant que 51 % des parts de la goélette appartiennent à Jos Van Steen.

Je vois les mains du capitaine se crisper sur la lisse.

– Eh oui, reprend Jos, ce sont les parts du Chinois, le grand-père de Maëva, ou plutôt celles de son cousin Yu à qui le vieux les avait léguées.

– Yu ne m'a pas trahi, tu mens !

– Oh ! il ne t'a pas trahi, pas vraiment. Tu sais, Barbe d'Or, moi aussi j'ai des amis dans les îles. J'ai fait savoir à ce brave Yu que la goélette était cuite, qu'elle ne valait plus rien, et que tu souhaitais t'en débarrasser. C'est de ta faute aussi, tu aurais dû surveiller tes arrières et ne pas t'éloigner de Papeete.

– Ordure !

– En tout cas, le résultat est là. À nouveau il agite son papier. Je t'en ferai parvenir copie officielle si tu le désires. *Ia Ora Na* est à moi, et je peux en faire ce que je veux.

– C'est-à-dire ?

– J'ai idée que *Ia Ora Na* va finir comme tous ses grands camarades cap-horniers.

– Espèce de sale vermine, je vais te...

– Du calme, bosco.

Barbe d'Or a retenu le bosco qui, sous le coup de l'indignation, allait s'élancer vers Jos Van Steen.

– À moins que... reprend Jos d'une voix lente, à moins que tu me dises ce que tu as fait du fameux trésor.

– J'ai cherché partout et je n'ai rien trouvé. Mon père allait mourir, il n'avait plus sa tête.

– J'étais à ses côtés, mon bon ami, et je te jure qu'il était en possession de tous ses moyens. Mais bon, je te crois. Raison de plus pour dépecer ce bateau. Après tout il est construit en bois des îles, nous en tirerons un bon prix. Car je te donnerai ta part, Barbe d'Or. Tu connais mon honnêteté.

– C'est bien cela qui m'inquiète. À combien as-tu racheté les parts de Yu ?

– Ce fut un marché très raisonnable. Le Chinois m'a cédé le tout pour quelques centaines de dollars. Disons, huit cents.

– Je t'en donne mille et tu disparais.

– Pas question, Barbe d'Or, mon frère. Si tu savais combien je suis heureux d'être devenu ton associé. Un tel plaisir n'a vraiment pas de prix.

– Mille cinq cents. Je ne peux pas faire plus.

Tout à coup la voix de Jos Van Steen est devenue sifflante et son visage respire la haine.

– Tu m'en donnerais cinq mille ou dix mille que je ne te les céderais pas. Il y a si longtemps que j'attends ce jour, Barbe d'Or, si longtemps que je te cours après !

– En tout cas, je te préviens, si tu veux le navire, il faudra le prendre à l'abordage.

À nouveau Jos Van Steen agite ses gants beurre frais. Il a retrouvé son calme.

– C'est ce que nous verrons, mon bon ami. Dans quelques jours un remorqueur arrivera, se mettra à couple de la goélette. Si tu t'opposes au remorquage, j'avertirai les autorités maritimes.

D'un geste théâtral, il enlève son canotier et salue, jusqu'à terre.

– Allons, je vous laisse, profitez bien de votre barcasse pourrie. Elle n'en a plus pour longtemps.

Et, gonflé d'arrogance, Jos s'éloigne en sifflotant...

Malamok a reposé doucement sur le pont la lourde barre dont il s'était emparé. J'ai lâché ma gaffe et Maëva son marteau. Tous, nous entourons le capitaine.

– Papa, murmure Maëva, c'est vrai ce qu'il a dit ? Le cousin Yu lui a vendu ses parts ?

– Il bluffe peut-être, il en serait capable. Mais hélas, pour une fois j'ai le sentiment qu'il dit vrai. Il y avait trop de joie triomphale dans sa voix.

– Alors il va pouvoir venir prendre la goélette ? L'envoyer à sa mort ?

Barbe d'Or hausse les épaules :

– Légalement, rien ne s'y oppose.

– Tu vas laisser faire cela ?

D'un coup, il a pris sa fille dans ses bras, l'a élevée jusqu'à son visage, et l'a posée sur le plat-bord.

– Maëva, tu sais bien que non ! Tu te rends compte, abandonner le bateau où je suis né, où mon père est mort, où ta maman... Non, ce n'est pas possible. Ce bateau est à moi, à nous.

– Bien parlé, capt'aine, dit Malamok. Tu peux compter sur moi, je suis prêt à exécuter tout ce que tu voudras, c'est moi qui te le dis.

– Il va falloir le prendre de vitesse, explique Barbe d'Or. Le temps que Jos obtienne une réponse des chantiers hollandais, qu'il contacte une société de remorquage, qu'il recrute un équipage, cela va lui demander une dizaine de jours. Méfions-nous tout de même, il est capable d'agir vite.

– Nous aussi ! dit le bosco.

– Nous aussi, oui.

Et Barbe d'Or se tourne alors vers moi.

– Rogatien, tu sais téléphoner ?

– Heu... non, mais...

– Mais tu y arriveras, j'en suis sûr. Nous, nous ne pouvons pas quitter le bateau. Peut-être Jos a-t-il des complices cachés dans le coin, et il en profiterait pour s'en emparer. Tu vas filer jusqu'à Frossay.

– Tout de suite ?

– Oui, le temps presse. Tu téléphoneras au numéro que je te note sur ce papier. Tu demanderas Reine-Marguerite Plusquellec, et tu lui diras simplement qu'elle vienne dès ce soir, que c'est très grave. Tu te rappelleras ?

– Oui capt'aine.

– Allez file, mon garçon, et reviens nous dire ce qu'elle t'a répondu.

Armand Bahuaud a acheté un jour un vélo – il dit une bicyclette – un antique engin noir à pignon fixe. Bien qu'il soit trop grand pour moi, j'ai appris à m'en servir dans la cour de la Chabossière. Je le prends au passage, nul ne me voit. Maman Bahuaud doit être dans sa cuisine, les autres vaquent à leurs travaux. Tandis que je pédale, j'essaie de mettre mes idées en ordre, les choses vont si vite que j'ai bien du mal à m'y retrouver. La pensée que cet horrible Jos Van Steen puisse s'emparer de *Ia Ora Na* et la détruire planche par planche, bordé par bordé, me remplit à la fois de terreur et de rage.

– Ce n'est pas possible, ça ne se fera pas.

Mme Adèle, la postière, m'accueille d'un grand sourire. Le bureau de Frossay est plutôt calme à cette heure du jour, et c'est une fieffée commère.

– Mais c'est Rogatien ! Le petit de la Chabossière ! Ben on peut dire que tu as forci, toi. Radegonde va bien ? Tu lui diras que la Louise des Sorinières a eu des jumeaux, et puis que...

– S'il vous plaît, madame Adèle, c'est urgent ! Vous pouvez me faire ce numéro.

Le téléphone n'est pas encore entré dans les mœurs de nos provinces. On ne l'utilise que dans des circonstances exceptionnelles et, bien sûr, je ne m'en suis jamais servi. Le cœur battant, je regarde Mme Adèle tourner la manivelle, discuter avec la « demoiselle de l'interurbain » et déclarer enfin, après vérification du numéro :

– Ne quittez pas, on vous parle de la cabine de Frossay ! Elle me tend l'appareil, ses petits yeux pétillent de curiosité.

– Allô !

– Allô... C'est... c'est madame Reine-Marguerite Plusquellec ?

– De la part de qui ?

– Du capitaine Barbe d'Or.

– Tu as la voix bien jeune pour être capitaine, mon garçon. Attends, je vais te chercher la patronne.

Quelques instants de silence angoissant... En arrière-fond, j'entends des chansons, des rires, on ne doit pas s'ennuyer à l'Étoile du marin. Enfin la voix vulgaire et chaude de la patronne. Mme Adèle est aux aguets.

– Madame Reine-Marguerite ?

– Elle-même...

– Madame, le capitaine Barbe d'Or voudrait vous voir très, très vite.

– Barbe d'Or ! Que veut-il, et qui es-tu ?

– Je vous téléphone de sa part. C'est à cause de *Ia Ora Na*. Il faut venir ce soir...

Elle a dû sentir mon angoisse et ma nervosité.

– C'est grave ?

– Ben, oui, je crois...

– C'est Jos Van Steen ?

– Oui.

Un silence, puis elle reprend.

– Bon, dis à Barbe d'Or que j'arrive !

J'ai raccroché, j'ai payé, et je me suis sauvé au plus vite, pour échapper aux mille questions que Mme Adèle grillait de me poser !

LA FUITE

Ce soir-là, j'ai eu bien du mal à m'endormir. Je me tournais et me retournais dans mon lit, essayant de mettre de l'ordre dans mes idées et n'y parvenant guère. Qu'allait-il arriver maintenant ? Reine-Marguerite Plusquellec devait être à bord, elle n'était pas femme à manquer à sa parole, et le sort de *Ia Ora Na* était sur le point de se décider. Quoi qu'il puisse survenir, le temps heureux de cet été se terminait. Les beaux jours de la Martinière appartiendraient bientôt au passé ; bientôt la goélette blanche quitterait les rives du canal, bientôt Maëva, Malamok, Barbe d'Or ne seraient plus que des fantômes.

Je n'arrivais pas à l'accepter : mon existence toute tracée de petit paysan des bords de Loire, destiné un jour à devenir un riche héritier succédant à son père m'apparaissait soudain intolérable. Et d'abord, ce n'était pas ma terre, je n'étais pas d'ici. J'étais un enfant de nulle part, libre de son passé, maître de son avenir. Rien ne m'empêchait de courir les mers avec mes amis, de découvrir le monde, d'errer dans ces îles aux noms magiques, de doubler les grands caps. Pourquoi eux, et pas moi ? Je n'avais pas choisi de vivre ici, pas choisi de m'appeler Rogatien Bahuaud...

Le temps était à l'orage, et quelque part dans la cour, une chouette hululait doucement. J'ai fini par m'endormir, trempé de sueur.

Le lendemain, Maëva m'a raconté la visite de Reine-Marguerite Plusquellec. La Dedion-Bouton, conduite par Justin était venu ranger la goélette *, aux environs de huit heures. Vêtue d'un époustouflant ensemble vert pomme, Reine Plusquellec avait aussitôt gagné le carré, où l'attendait « l'équipage » au complet.

– Sers-moi un verre de tafia et raconte-moi vite ce qui vous arrive, avait-elle dit à Barbe d'Or.

Le capitaine s'était exécuté. Le plus clairement, le plus brièvement possible, il avait résumé la peu brillante situation dans laquelle il se trouvait.

– Bon, avait dit la grosse dame quand il eut fini. On est dans le pétrin si je comprends bien !

– Un peu, ma Reine. Jos ne nous fera pas de cadeau.

– Et nous n'allons pas lui en faire non plus, tonnerre de Lambézellec ! Jos, je le mâterai, je te le promets, Barbe d'Or... J'ai mis sur son dos un vieil avocat de mes amis, ivrogne et un peu véreux sur les bords, mais un redoutable limier. Il a commencé à mettre le nez dans les affaires

* Terme de marine.

peu ragoûtantes de Van Steen, et j'en suis certaine, il finira par le coincer. Le problème, c'est que ça peut demander quelques semaines.

– Pendant ce temps *Ia Ora Na* se retrouvera à Rotterdam, livrée aux démolisseurs hollandais !

Reine-Marguerite avait bu une lampée de tafia, avait claqué la langue en signe de satisfaction.

– Donc, il faut partir d'ici, et sans tarder.

– J'y ai songé, figure-toi ; ce n'est pas si simple ! Il faut d'abord la remettre en état de navigation, la regréer, remettre les voiles à poste...

Malamok avait pris la parole.

– Ça j'en fais mon affaire, capt'aine. Dès demain j'entreprends le tour des cap-horniers. J'aurais vite réuni une équipe de fins matelots qui ne rechigneront pas à la besogne, c'est moi qui vous le dis. En deux jours, trois au plus, la goélette sera parée.

– À toi de jouer, bosco. Cela, hélas ne résout pas tout. Nous allons partir clandestinement, il n'est donc pas question de nous ravitailler à Paimbœuf ou Saint-Nazaire. Il faut prévoir des vivres pour plusieurs jours, voire même plusieurs semaines.

– Je m'en charge, avait dit Reine Plusquellec. Dès demain, je prends contact avec un ship-chandler, et je te l'amène.

– Cela va faire des allées et venues. Jos Van Steen sera forcément au courant.

– Pas forcément, Barbe d'Or, pas forcément. Et même s'il l'est, peut-être ne sera-t-il pas en état d'agir. Fais confiance à maman Reine, mon garçon !

– Autre chose... Il me faut un équipage. Malamok est handicapé, je ne pourrai pas compter sur Béniguet, et Maëva n'est qu'une enfant. J'ai besoin de cinq ou six gars solides, pas trop curieux, et prêts à faire un bout de route avec moi.

– L'Étoile du Marin a toujours été renommée pour fournir aux capitaines qui en avaient besoin, des matelots premier brin...

– Bien, Reine-Marguerite. Seulement, tout cela va coûter cher, très cher, et je suis plutôt à sec... Dès que je serai dans le Pacifique, je pourrai à nouveau gagner de l'argent, encore faut-il y parvenir !

– Ma bourse est à toi, mignon ! Un jour, à Shangaï, j'étais dans une situation épouvantable, et personne pour m'aider... Sauf ton papa qui passait par là. « Combien veux-tu, ma Reine ? » m'a-t-il simplement demandé. La somme était importante ; il n'a pas hésité une seconde. Après, je l'ai remboursé jusqu'au dernier centime, mais quand même ! Alors c'est à mon tour de te dire « Barbe d'Or, combien veux-tu ? » Et ça me fait rudement plaisir, en plus !

– Entendu, Reine ! Je voudrais aussi que tu t'arranges pour essayer de reprendre les parts de la goélette qui sont en possession de Jos. Peut-être ne pourra-t-il jamais les utiliser, mais ça me fait trop mal au cœur de savoir que ce bandit les a en sa possession.

– Ça peut s'arranger, avait murmuré la bonne hôtesse. Il y a bien des coins obscurs, le long du quai de la Fosse.

– Attention, Reine, je voudrais les lui payer. Il m'a dit les avoir achetées à Yu pour huit cents dollars. Tu lui en donneras mille.

– Si tu veux, mon garçon, bien que je trouve cette fois que ce soit de l'argent jeté par la fenêtre, mais enfin...

La dame s'était servi un nouveau verre de tafia qu'elle avait bu cul-sec, puis elle s'était levée.

– Bon, dès demain, tout le monde au travail, avait-elle dit. Je repasserai demain soir pour vous donner des nouvelles. En attendant, faut que je retourne dare-dare à l'Étoile du Marin. Il y a trois bateaux qui sont montés avec la marée, un vapeur péruvien, un bananier de la Transat, et même un trois-mâts retour de Nouvelle-Calédonie, un rescapé. Nous n'allons pas chômer ce soir, et je préfère être là pour surveiller clients et personnel.

Elle avait embrassé tout le monde, puis s'en était allée, très digne.

Alors a commencé une période étrange... Comme une princesse endormie qu'un prince charmant soudain réveille, *Ia Ora Na* s'est mise à reprendre vie... Plus question pour Malamok de nous raconter des histoires ou de m'apprendre à faire des nœuds. Le bosco était redevenu le

« bosco ». Il n'avait pas menti et n'avait pas eu de difficultés à réunir autour de lui des hommes venus des équipages de garde, tous fins matelots et qui éprouvaient une joie immense à remettre un bateau en état, alors qu'autour d'eux, tous les autres étaient dans l'attente d'une mort plus ou moins lente... Partout sur le pont couraient des filins divers (j'avais appris qu'il n'y a pas de « corde » sur un navire, sauf celle qui sert à sonner la cloche). Cela me paraissait être un épouvantable fouillis, mais eux s'y retrouvaient fort bien et peu à peu haubans, galhaubans, drailles et drisses reprenaient leur place. D'autres s'occupaient des voiles, les vérifiant avec amour, tout en chantant des chansons de leur répertoire.

– Allez, chante La Boiteuse P'tit Louis.

Et Pt'it Louis, un géant de deux mètres, entonnait d'une voix grave :

Quand la boiteuse va au marché
Qu'apporte-t-elle dans son panier ?
Elle s'en va rouli roulant
Ah maman ne pleurez pas tant.

Et les autres de reprendre en chœur :

À ma doué, quel trésor, ma doué quel trésor
D'avoir épousé
Un gars tout en or !

J'étais vraiment par trop novice pour les aider

à regréer le navire. Par contre dès que la voiture du ship-chandler est arrivée (une grande charrette traînée par quatre percherons), je n'ai pas eu à chômer. C'est inouï ce que peuvent engloutir les cales d'un navire en réarmement ! Pommes de terre, haricots secs, poisson séché, bœuf en conserve, barils de vin, fûts d'huile... Puis, tout un bazar hétéroclite de clous, de toile à voile, de peinture, que sais-je encore ? Reine-Marguerite Plusquellec n'avait pas lésiné sur la commande, et comme le ship-chandler connaissait la redoutable personnalité de l'hôtesse, il s'était efforcé de faire pour le mieux.

Je passais donc mes journées à coltiner des sacs, des caisses, des glènes de filin, en compagnie de Maëva, de Barbe d'Or et même de temps à autre de Béniguet, un peu dépassé par les événements. Mais qui ne l'était pas ? Tout allait si vite ! Le soir, lorsque je rentrais à la Chabossière, j'étais si fatigué que je mangeais à peine et que je m'écroulais dans mon lit, sans avoir le temps de réfléchir à tout cela. Maman Bahuaud, à qui rien n'échappait de ce qui pouvait me concerner, me regardait souvent à la dérobée. Je l'avais surprise en prières devant la statuette de sainte Thérèse de l'Enfant Jésus, sa sainte préférée...

Papa Armand ne disait rien : je le voyais souvent qui soulevait sa casquette et se grattait la tête, signe chez lui de grande préoccupation. De Jos Van Steen, point ; et pourtant les allées et venues autour de *Ia Ora Na* n'auraient pas dû échapper à sa vigilance. Reine-Marguerite était revenue un soir ; elle s'était enquise de la bonne marche des opérations.

– D'ici à la fin de la semaine, tu auras ton équipage, Barbe d'Or ; la fine fleur tu sais. Deux anciens de chez Bordes, deux de chez Bureau et un jeune lieutenant qui a navigué aux voiliers nantais et qui ne veut pas mettre son sac à bord d'un cracheur de fumée. C'est le fils d'un vieux « mangeur d'écoutes » que j'ai bien connu, dans le temps. J'ai pensé qu'il serait bon que vous soyez au moins deux à savoir vous servir d'un sextant !

– Pas de nouvelles de Jos ?

– Je l'ai placé sous surveillance, afin de pouvoir parer au grain. Il va de bistrot en bistrot et joue au poker dans l'arrière-salle d'un établissement de la place Graslin. Il gagne beaucoup, paraît-il ; il triche, bien sûr !

Ainsi, peu à peu, les choses avaient pris place. Restait un obstacle important et qui pouvait faire capoter toute la conjuration : pour sortir de la Martinière, il fallait emprunter l'écluse menant à la Loire, et cela n'était possible que si l'éclusier consentait à l'ouvrir. Je connaissais le Père Sans-Secousses de longue date, c'est pourquoi le capitaine Barbe d'Or me demanda de l'accompagner...

– Tu pourras peut-être le décider, Rogatien !

Le chien noir a remué la queue en nous

reconnaissant. Sans-Secousses, assis sur un tabouret, au soleil, écossait sa récolte de haricots demi secs.

– Le bonjour à vous !

– Bonjour, monsieur, a dit Barbe d'or.

– Taratata, appelez-moi « Sans-Secousses » comme tout le monde. Voyez-vous, je m'appelle Isidore Fouché de mon vrai nom ; il paraît même que je descends du Fouché de la Révolution, qui, comme vous le savez, est né ici, à la Martinière... C'est une parenté dont je me serais volontiers passé, et c'est pourquoi je préfère mon surnom à mon nom. Mais que me voulez-vous ?

Barbe d'Or a raconté toute l'histoire, en la simplifiant légèrement mais l'essentiel y était : *Ia Ora Na* était menacée par des filous, il lui fallait quitter la Martinière nuitamment et pour cela, bien sûr, il était essentiel que les écluses fussent ouvertes. Tout en l'écoutant, Sans-Secousses continuait d'éplucher ses haricots... Il travaillait lentement, régulièrement, à son rythme.

– Alors ? a dit Barbe d'Or.

– Alors, capt'aine, j'aimerais bien vous aider, ça oui ! Mais je ne le peux pas. Les entrées et sorties du canal sont contrôlées par la Marine. Qu'est-ce que je leur dirai, moi, si on vient me demander des comptes ?

– C'est si rigoureux que cela ?

– Et comment. Ils seraient capables de me chasser d'ici, et qu'est-ce que je deviendrais, moi ? Oh, ce n'est pas que je gagne beaucoup d'argent, mais enfin il y a la maison, le jardin. J'y vis depuis quarante ans bientôt. Où voulez-vous que j'aille si on me chasse ?

- Vous vous absentez bien de temps en temps ? Nous pourrions appareiller juste à ce moment. Ainsi vous seriez hors de cause.

- Je m'absente, mais je dois être là quand un bateau entre ou sort de la Martinière, c'est le règlement. Je n'y peux rien !

Il avait l'air sincèrement désolé de nous refuser ce que nous lui demandions, mais en même temps on sentait que rien ne pourrait le faire changer d'avis. Il aimait trop son canal, son jardinet, son chien, sa maisonnette, pour risquer de les perdre.

À cet instant, je me suis souvenu d'un stratagème lu dans l'un des innombrables romans d'aventure que je dévorais le soir à la chandelle.

- Et si on t'assommait, Sans-Secousses.

Ils m'ont regardé tous deux, interloqués.

- Tu n'es pas fou, Rogatien Bahuaud ? a gémi le vieux.

- On ferait semblant... Enfin, il faudrait quand même qu'on te donne un petit coup, pas trop fort, sur la tête, pour que cela semble vrai, puis on te ligoterait. Ainsi tu pourrais dire à ceux qui te commandent que tu as été attaqué par des bandits.

Et comme il faisait la moue, pas convaincu du tout par ce que je lui ai proposé, je lui ai sauté au cou :

– Oh, je t'en prie, Sans-Secousses, on ne peut laisser la goélette prisonnière du canal, ce serait trop injuste !

Le vieux a enlevé sa casquette, s'est longuement tâté le crâne, puis il s'est tourné vers Barbe d'Or.

– Qu'en pensez-vous, capitaine ?

– Ce n'est pas une mauvaise idée. Plus j'y pense et plus je trouve que Rogatien a raison. Les autorités ne pourront rien vous dire, et nous aurons le temps de filer... Vous pourrez même alors nous dénoncer si vous le jugez utile.

– Sans-Secousses n'est pas un mouchard, a dit l'éclusier, en redressant sa petite taille.

À nouveau il s'est tâté le crâne, avant de remettre sa casquette.

– Vous ne me ferez pas trop mal, hein ?

– C'est promis, Sans-Secousses.

– Alors, je veux bien. Et quand aura lieu... l'opération ?

– Dans deux, trois jours au plus tard ; nous vous tiendrons au courant.

En marchant aux côtés de Barbe d'Or, le long du canal, je ne pouvais m'empêcher de penser que cette « bonne idée » que je venais d'avoir me condamnait en même temps. Ils allaient partir, me laisser tout seul.

Je trouvais cela profondément injuste.

PARTIR

Je m'égarais dans mes pensées, ne parvenant pas à y voir clair, submergé par mes contradictions. « Maëva » pensais-je et aussitôt après je disais « Maman Bahuaud », ou bien « Les îles du Sud » et « La Chabossière », « Les baleines franches dans les alizés », « Les vaches de Vendée ruminant dans les prairies de Loire ». Comment m'y reconnaître ? Il m'apparaissait impossible de choisir et pourtant il le fallait : *Ia Ora Na* allait appareiller et, je le savais bien, jamais elle ne reviendrait. Demain, il serait trop tard !

Ce matin-là, l'un des tout derniers où il m'était donné de franchir la coupée de la goélette, lorsque j'ai vu les voiles enverguées, l'ancre parée, les innombrables filins à leur poste, j'ai senti mon cœur chavirer dans ma poitrine : « Non, je ne pouvais pas les laisser partir sans moi, ce n'était pas possible ! »

Sans plus réfléchir, j'ai couru vers Barbe d'Or. Il avait sorti son sextant et, soigneusement, il visait le soleil. Il a souri en me voyant :

– C'est toi, Rogatien ! Tu vois je m'entraîne à faire le point ; j'ai peur d'avoir un peu perdu la main, depuis le temps !

– Capitaine, ai-je balbutié, capitaine, emmenez-moi !

Ses yeux clairs ont plongé dans les miens. Il a failli parler mais s'est contenté de hausser les épaules.

– Je veux embarquer, partir avec vous. Quand vous serez au loin, ce sera trop triste ici. Je ne veux pas ! Que deviendrais-je sans Maëva, sans le bosco, sans vous ? Je ne veux pas !

Il a posé son sextant et mis son bras sur mon épaule.

– Tu sais, petit, nous aussi on t'aime bien, et nous serons désolés de te quitter.

– Vous voyez bien !

– Tu as quel âge ?

– Je vous l'ai déjà dit, douze ans, sans doute. Je suis un enfant trouvé, vous le savez bien, je n'ai ni date ni lieu de naissance, je suis libre !

– Libre ? Sans doute. Tout être humain l'est, en principe.

– Le bosco m'a dit qu'il s'était embarqué à onze ans. Vous naviguez depuis que vous êtes né, et il en va de même pour Maëva. Pourquoi vous, et pas moi ?

À nouveau, il m'a regardé ; je sentais qu'il réfléchissait, qu'il résistait à l'envie de me faire un discours que j'aurais pris pour un sermon.

– C'est vrai qu'à douze ans, tu ferais un bon mousse, a-t-il fini par murmurer.

– Alors, vous voulez bien !

Il a ôté sa main de mon épaule, et croisé les bras. Ses yeux ne quittaient pas les miens.

– Si tes parents m'en donnent l'autorisation

par écrit, alors je veux bien t'embarquer, garçon. Mais c'est à toi de leur demander, à toi seul. Vas-y maintenant, et donne-moi ta réponse dès que possible. Maintenant, laisse-moi, j'ai à faire !

Je suis parti en courant de la goélette, mais à mesure que j'approchais de la Chabossière, mon allure, malgré moi, ralentissait. Comment le leur dire, à maman Bahuaud surtout. Comment dire : « Je veux m'en aller courir le monde, je vous abandonne. Au revoir et merci. » Ce n'était pas possible, et pourtant il le fallait.

C'est en traînant les sabots que je suis entré dans la cour de la ferme. Chaque objet m'était familier, plus que je ne saurais dire : le puits avec sa margelle usée, la treille de muscat exposée au sud, le long de la grange, la niche du chien et le grand noyer à l'ombre duquel achevait de se disjoindre une charrette d'un autre âge.

– Tu es ici chez toi, me disaient-ils, chez toi, chez toi !

Maman Bahuaud était à ses fourneaux, préparant le repas du soir, et une bonne odeur, familière elle aussi, s'échappait de la cocotte de fonte.

Si elle a été surprise par mon arrivée intempestive à cette heure de la journée, elle n'en a rien laissé paraître. Peut-être parce qu'elle était occupée à hacher menus des oignons, et que cela lui mettait les larmes aux yeux ?

J'ai pris mon élan et me suis jeté à l'eau, comme si j'avais voulu me noyer.

– Maman, ai-je balbutié... Je... je voudrais te parler.

Elle s'est essuyée les mains à son grand tablier, puis s'est tournée vers moi.

– Eh bien, je t'écoute, Rogatien.

Je la connaissais bien. Pourtant, à cet instant, j'avais l'impression de découvrir son visage. Un visage clair, marqué de fines rides, où brillaient deux yeux bruns, le visage net et limpide d'une femme très simple et très bonne.

– Je t'écoute.

Et soudain, les mots que j'avais préparés refusaient de me venir aux lèvres. Comment lui dire « Maman, je veux m'en aller... » À cet instant affluaient tous les souvenirs tendres qui me liaient à elle, les bobos soignés, les gros chagrins consolés, les cadeaux, les livres, les chandails pour l'hiver tricotés avec amour. Tant et tant de choses qui tout à coup m'étouffaient ! Alors j'ai fini par balbutier n'importe quoi, que bientôt j'allais rentrer à l'école et qu'il faudrait acheter des cahiers, que la grosse lapine blanche allait avoir des petits, que les reinettes grises étaient mûres ou presque.

Elle m'a écouté, sans m'interrompre, mais, quand je n'ai plus rien trouvé et que je me suis levé pour partir, elle est venue à moi et m'a embrassé très fort, en me serrant contre elle. Il y avait des larmes dans ses yeux et cette fois, les oignons n'y étaient pour rien.

– Mon petit garçon a-t-elle murmuré, je sais

bien ce que tu voulais me dire, va, et je te remercie beaucoup, beaucoup d'avoir su te taire.

- Alors ? m'a demandé Barbe d'Or lorsque après une course éperdue je me suis retrouvé à bord.

- J'ai vu maman Bahuaud.

- Et...

J'ai haussé les épaules.

- Je n'ai rien pu lui dire, capt'aine. Vous comprenez, quand je l'ai vue là, devant moi, tout à coup il m'a paru impossible de lui annoncer que je voulais partir. Pourtant j'en avais envie, mais je ne pouvais pas.

Alors, chose étonnante, le capitaine Barbe d'Or s'est avancé vers moi et il m'a tendu la main.

- Tu t'es conduit comme un homme, Rogatien. Tu vois, si tu étais revenu avec un papier de tes parents m'autorisant à t'embarquer, je t'aurais pris à bord, je n'ai qu'une parole. Mais tu m'aurais déçu. Tes parents ne t'ont pas mis au monde, peut-être, mais ils t'ont donné l'essentiel, c'est-à-dire l'amour.

Et comme je baissais la tête.

- Vois-tu, la liberté, ce n'est pas forcément courir le monde. J'ai connu des aventuriers qui étaient des esclaves. Être libre, c'est surtout pouvoir choisir entre deux décisions, et choisir la plus courageuse. C'est ce que tu viens de faire, mon garçon.

Nous nous sommes serré la main, comme des hommes. Pourtant j'avais envie de pleurer. Maintenant, c'était certain : *Ia Ora Na* allait partir et je resterais sur le rivage !

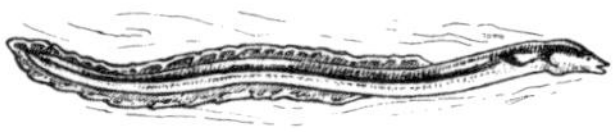

Maëva m'a accompagné jusqu'aux rives du fleuve, dans « mon » coin, là où je posais mes bosselles à anguilles, là où nous nous étions baignés aux chaudes heures du mois d'août ; mais aujourd'hui il faisait presque froid, la Loire était grise, les hirondelles commençaient à se rassembler pour leur grand départ. Il y avait dans l'air comme un avant-goût d'automne.

– Tu es malheureux, Rogatien ? m'a-t-elle demandé.

J'ai haussé les épaules.

– Je sens surtout que je vais l'être bientôt ; puis je trouve que cela n'est pas juste. J'ai tellement envie d'être avec vous, de voir enfin *Ia Ora Na* sous voiles, de découvrir à l'aube mes premiers cocotiers, émergeant d'un lagon endormi. Et en même temps...

– En même temps ?

Les mots se bousculaient dans ma bouche.

– Je sais bien que je ne peux pas abandonner maman Radegonde, papa Armand ! C'est de votre faute aussi ! Avant de vous rencontrer, j'étais heureux à la Chabossière. J'y étais chez moi, même si je n'y suis pas né. Puis vous êtes arrivés, le bosco avec ses histoires de grand large, ton père et son sextant, toi, toi surtout ! Vous m'avez appris à rêver et maintenant vous me laissez avec mes vaches !

Elle a posé sa tête sur mon épaule. Ses cheveux noirs me balayaient le visage me donnant à la fois l'envie d'éternuer et celle de pleurer.

– Rogatien, ne sois pas triste. Ça ne sert à rien !... Peut-être nous retrouverons-nous un jour, plus tard...

– Tu crois ?

– Je ne sais pas. En tout cas je ne t'oublierai pas.

– Moi non plus, jamais ; tu m'écriras ?

– *Aué !* je déteste cela. Mais pour toi oui, je le ferai. Je te le promets.

Un brouillard insidieux montait du fleuve, gommant peu à peu la rive d'en face ; elle a frissonné soudain.

– J'ai froid, je sens l'hiver. Tu vois, je suis comme Mister Mô, il me faut de la chaleur.

– Tu pars pour les îles du Sud. Moi je reste... Tu vas vers le bonheur et moi je...

Elle s'est brusquement éloignée de mon épaule et s'est plantée devant moi, grave presque sévère.

– Écoute, Rogatien. A Papeete aussi, à Hiva-Oa, à Fatu-Hiva, à Makatéa, à Bora-Bora, il y a des gens qui souffrent, qui ont faim, qui sont seuls.

Le Pacifique n'est pas une certitude de bonheur ! *Aué !* Lorsque Térii est morte de sa piqûre de coquillage, il faisait un temps de rêve, et tu crois que nous étions heureux, papa et moi ? Le soleil n'arrange pas tout, loin de là !

Elle a pris une pierre ronde, enfoncée dans la vase de la rive et l'a lancée vers le fleuve. La pierre a ricoché deux fois, trois fois avant de disparaître dans les eaux troubles de l'estuaire. Alors, Maëva a éclaté de rire.

– *Aita-Péa-Péa*, Rogatien ! Il ne faut pas être *fiu*, même si nous sommes tristes de nous quitter.

– *Fiu ?*

Elle a ri à nouveau.

– J'oubliais que tu ne sais pas le tahitien. « Être Fiu », c'est être triste. Enfin, c'est cela et beaucoup d'autres choses. Quand on en a assez de tout, qu'on a envie de partir très loin, ou de tout casser parce que tout va de travers, ou de se cacher le visage dans les mains... Enfin je ne sais pas, c'est intraduisible.

– Je crois quand même que j'ai compris !

Venant de l'ouest, de la mer, de gros nuages gris sombre avaient envahi l'estuaire. Un petit crachin bien dru s'était mis à tomber.

– J'ai froid, a murmuré Maëva. Viens, Rogatien, il faut rentrer maintenant.

Elle m'a pris la main. Par les roselières et les oseraies, par les chemins creux et les prairies, nous avons regagné la goélette où l'équipe des cap-horniers mettait la dernière main au gréement. Parvenus à la coupée, Maëva s'est tournée vers moi et m'a souri.

– Toujours, tu seras mon frère, Rogatien. Toujours !

Moi je n'ai rien dit ; j'avais le cœur au bord des lèvres.

– C'est pour demain soir, m'a dit le capitaine Barbe d'Or. En rentrant arrête-toi pour prévenir le Père Sans-Secousses ; il ne faudrait pas qu'il change d'avis.

Je m'y attendais, bien sûr ! Pourtant la nouvelle m'est tombée dessus comme une charge trop lourde.

– Faut tenir bon, mon gars, ajoute le capitaine. Tu as décidé de te comporter comme un homme, rappelle-toi.

Puis il me plante là ; c'est normal, il a tant de problèmes à résoudre avant l'appareillage ; le nouvel équipage est arrivé, discrètement. Le bosco a fait comparaître les matelots, les a cuisinés sur leurs antécédents : « sur quel bateau avaient-ils navigué ? Avec quel capitaine ? Pourquoi voulaient-ils partir sur *Ia Ora Na ?* L'examen a dû le satisfaire, car ils les a déclarés tous « bons pour le service ».

Quant au lieutenant Le Moyec, déniché par Reine-Marguerite Plusquellec, c'est un tout jeune homme, râblé, silencieux. Il s'est entretenu longuement avec Barbe d'Or qui a conclu en disant que ça devait être un fameux marin et qu'avec lui la goélette serait entre de bonnes mains.

Tout à coup je me suis senti étranger à bord de ce navire qui m'était devenu pourtant si familier durant l'été. On me bouscule : « Tire-toi de là petit, tu gênes la manœuvre ». Béniguet lui-même, tout excité à l'idée du départ, semble déjà être ailleurs...

Cet « ailleurs » où ils s'en vont tous. Cet « ailleurs » qui n'est pas le mien ! Moi je suis d'ici. Je reste ici.

J'ai hâte, tout à coup, que tout cela soit fini !

J'ai fait semblant de manger ce qu'il y avait dans mon assiette, je m'en souviens encore, c'était du lard aux choux, puis j'ai dit à mes parents d'une voix que je voulais paisible :

- P'pa ! M'man ! Ils s'en vont ce soir ; il faut que j'aille leur dire adieu.

Ils se sont regardés longuement tous les deux.

- N'ayez pas peur, je reviendrai. Mais il faut que j'y aille !

- Prends la lanterne dans l'écurie, a seulement dit Armand Bahuaud. C'est la nouvelle lune, la nuit va être noire.

Je suis parti seul dans l'obscurité et ma lanterne ne m'était guère utile tant je connaissais la route par cœur. Lorsque je suis arrivé au bord du canal, la goélette était éclairée par les phares puissants d'une automobile. Reine-Marguerite Plusquellec, elle aussi, avait tenu à être là. Le spectacle avait quelque chose d'irréel : le ciel sans étoiles, les mâtures des cap-horniers, comme les grands arbres d'une forêt pétrifiée, et puis *Ia Ora Na* toute blanche, féerique, immatérielle. Autour d'elle deux baleinières armées par des matelots des grands voiliers s'apprêtaient à la tirer vers la sortie.

Reine-Marguerite se tenait sur le quai, appuyée

à son ombrelle. Lorsqu'elle m'a reconnu, elle m'a plaqué sur les joues deux baisers qui ont retenti dans la nuit.

– Te voilà, petit ! Viens, nous allons monter à bord et les accompagner jusqu'à l'écluse.

Ils étaient là sur la passerelle, tous ceux que j'aimais : le capitaine Barbe d'Or, enveloppé dans une houppelande, le bosco qui criait des ordres à l'équipage, Béniguet avec Mister-Mô sur son cœur et Maëva qui, pour ne pas avoir froid, avait enfilé un gros pull de marin qui lui descendait jusqu'aux pieds.

Reine-Marguerite a serré tout le monde sur sa vaste poitrine.

– Alors, mes enfants, tout est paré ?

– Tout est paré, Reine. Grâce à toi !

De son cabas, elle a sorti une liasse de papiers.

– Tiens, a-t-elle dit à Barbe d'Or.

– Qu'est-ce que c'est ?

– Les titres de propriété de la goélette ! Rassure-toi, je les lui ai payés, puisque tu voulais qu'il en soit ainsi...

– Et il a accepté ?

– Disons qu'il n'était pas en position de pouvoir refuser le marché !

Et tout à coup je me disais que le départ clandestin de *Ia Ora Na* était devenu inutile, puisque Jos Van Steen était privé de ses armes. J'ai été sur le point de le leur crier, avant qu'il soit trop tard. Et puis quoi ? Retarder la séparation de quelques jours, de quelques semaines au mieux. À quoi bon puisque de toute façon ils devaient partir. Il valait mieux sans doute que ce fût ainsi, sans présence officielle, sans remorqueur, sans destination légale. Oui, comme dans un rêve !

Ensuite les choses se sont enchaînées, tranquillement, mais avec une sorte de lenteur qui les rendait magiques. Deux hommes ont largué les amarres qui liaient la goélette à la rive, les rameurs se sont alors mis à souquer en cadence sur leurs avirons et tout doucement le bateau s'est écarté, a gagné le milieu du canal. *Ia Ora Na* est passée entre les rangs des cap-horniers, saluée au passage par les équipages de garde. Ainsi nous sommes parvenus à l'écluse... J'ai senti la main de Reine-Marguerite se serrer sur mon épaule.

– Allez, garçon, dis-leur au revoir. C'est ici que notre voyage s'achève ; il faut les laisser continuer leur route...

P'tit Louis, le matelot géant, faisait office d'éclusier.

– Le Père Sans-Secousses ? a demandé Barbe d'Or.

– Tout est « all right » capt'aine ; je l'ai endormi avec un bon direct au menton, puis je l'ai amarré sur son lit ; il ne risque pas de bouger.

– Tu n'as pas cogné trop fort ?

– Rassurez-vous ; je crois bien qu'il est déjà réveillé. Mais il ferme les yeux, il préfère ne pas voir tout ça !

Ia Ora Na a franchi le sas de l'écluse.

– Viens, m'a dit Reine-Marguerite ; cette fois, il nous faut descendre...

– Je les ai tous embrassés, en commençant par Mister Mô et Béniguet, en finissant par Maëva.

– Tiens Rogatien, m'a-t-elle murmuré en me glissant quelque chose dans la main. C'est pour toi. Tu l'ouvriras plus tard, quand tu seras rentré chez toi.

J'avais imaginé des adieux déchirants mais tout se passait trop vite. Je me suis retrouvé sur la rive, serrant la main de Reine-Marguerite. Les hommes des baleinières souquaient ferme et bientôt la goélette s'est engloutie dans la nuit.

C'était fini.

– Maintenant, a dit l'hôtesse, ils doivent être parvenus à la Loire. Il y a une jolie brise de Nordait, Barbe d'Or va pouvoir établir sa voilure, avant de larguer les baleinières. Dans une heure au plus, *Ia Ora Na* aura passé Saint-Nazaire, elle sera au large !

La Dedion-Bouton de Reine-Marguerite m'a déposé à la Chabossière.

– Si jamais tu as besoin d'un coup de main, m'a-t-elle dit alors que je descendais, n'hésite pas. Viens à L'Étoile du Marin et demande après moi. Tu promets ?

J'ai promis. Jamais je ne devais la revoir.

Lorsque je suis rentré, mes parents veillaient, devant la cheminée. Ils ne m'ont posé aucune question. Maman Bahuaud m'a simplement demandé si je voulais une part de tarte qu'elle avait gardée au chaud, mais vraiment, je n'avais pas faim. Je suis monté dans ma chambre à côté du fenil et j'ai ouvert le paquet, malhabilement ficelé que Maëva m'avait remis. Il contenait un simple coquillage, une sorte de cône irisé. Maëva avait griffonné quatre mots sur une feuille arrachée à un carnet. « Rogatien, écrivait-elle, je te le donne. Il vient de la plage où Térii a trouvé la mort autrefois. Il ne m'a jamais quittée. Il est à toi, pour que tu te souviennes toujours. »

Il me suffit de lever les yeux pour l'apercevoir sur le bureau où j'écris ces souvenirs. Je n'ai jamais su son nom, je n'ai jamais cherché à le savoir. Mais il est là.

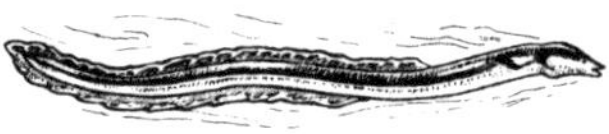

En apparence, la vie a repris son cours normal. Je suis retourné à l'école, j'ai retrouvé mes camarades, mon maître. Je me suis occupé de mes lapins et de Cocotte, j'ai rouvert les livres que j'aimais.

J'évitais le plus possible la Martinière et ses fantômes... Mais le soir, dans mon lit, dès que je fermais les yeux, je partais très loin de la Chabossière. J'appareillais, je gagnais le large, je les rejoignais et lorsque je finissais par m'endormir, mes rêves m'entraînaient encore plus loin.

Les mois passaient ; je n'avais reçu aucune nouvelle. Peut-être la goélette s'était-elle perdue en mer ? Elle était vieille, menée par un équipage incomplet.

Et puis un jour, au mois de mai...

– Il y a une lettre pour toi m'a dit maman Radegonde à mon retour de l'école. Elle est sur le buffet, à côté du vase bleu...

Oui, l'enveloppe était là, ornée de timbres inconnus et surchargée de cachets. Tout de suite j'ai reconnu l'écriture appliquée de Maëva, une écriture sage, presque enfantine.

– Tu ne prends pas ton « quatre heures ? »

– Non... pas maintenant !

Vite, j'ai gagné ma chambre et j'ai ouvert l'enveloppe.

Mon frère Rogatien, écrivait Maëva, Ia Ora Na *a regagné ses eaux. Le voyage a été sans histoires, à part une grosse tempête au large de Bonne-Espérance, mais le bateau a tenu le coup. Avant de reprendre le trafic commercial, Papa a décidé tout de même de lui faire une grande toilette, et pour cela nous avons gagné un mouillage à Tahuata, dans les Marquises. C'est là où nous sommes actuellement, car les travaux n'avancent pas très vite !*

Mais Rogatien, il faut que je te dise ; Papa trouve que tu as le droit d'être mis au courant (mais toi seul, et il faudra que tu brûles cette lettre dès que tu l'auras lue). Rogatien, nous avons trouvé le trésor de Ia Ora Na *et mon grand-père avait raison de dire qu'il valait plus que les lingots d'or ou les diamants. Attends, je t'explique.*

Voilà, durant notre chantier, mon père a décidé de repeindre sa cabine et nous en a chargés Béniguet et moi. On avait mis des journaux par terre pour ne rien salir ; on avait déjà fait un côté quand Béniguet, monté sur une chaise, a perdu l'équilibre ; il s'est raccroché machinalement à ce qu'il pouvait, c'est-à-dire au sommet de la cloison... et tout est tombé par terre, je veux dire, Béniguet, l'échelle, les pots de peinture et aussi la cloison. J'ai relevé le pauvre garçon, qui ne s'était pas fait mal, mais qui ouvrait des yeux ronds en répétant : « Beau ! Images belles. Belles ! »

J'ai suivi son regard ; à mon tour j'ai vu ! À la place de la cloison, et sur toute son étendue, il y avait un merveilleux tableau. Oh ! comme je voudrais que tu aies pu le voir, Rogatien ! Imagine-toi la plage d'un lagon, toute rose et jaune, avec des vahinés en robe blanche, et la mer tout au fond. Au bout de la plage, des chevaux noirs montés par des cavaliers à demi nus, et par-dessus tout cela le ciel du Pacifique, d'un bleu lourd, chargé de nuages. C'était tellement beau que je suis restée là plusieurs minutes, à le contempler, tandis que Béniguet en extase répétait sans arrêt « Belles images ! Belles images »...

J'ai fini par aller chercher mon père, qui surveillait le changement du grand-mât. Il m'a suivie et s'est arrêté sur le seuil de la cabine, a gardé le silence puis il a murmuré : « C'est un Gauguin, un merveilleux Gauguin. » Et il m'a embrassée.

– Je savais bien que mon père n'était pas un

menteur, a-t-il murmuré. Le voilà enfin, le trésor de Ia Ora Na !

Ensuite il m'a expliqué qui était Gauguin ; un grand peintre qui vivait au siècle dernier et qui, après avoir séjourné longtemps en Bretagne, était parti pour Tahiti, puis pour les îles.

– Je savais que mon père et lui étaient amis, m'a-t-il dit. Ils s'étaient rencontrés à Hiva-Oa, où Gauguin avait choisi de vivre et je sais qu'à plusieurs reprises le peintre est venu vivre à bord de la goélette, pour se reposer et échapper aux innombrables tracasseries dont il était victime. C'est au cours de l'un de ces séjours qu'il a dû peindre cela.

– Pourquoi l'avoir caché ? Pourquoi avoir fait une double cloison si bien posée que personne n'a jamais regardé derrière ?

– Parce qu'il ne voulait pas que quelqu'un le sache. Parce qu'aujourd'hui, Maëva, ce tableau vaut peut-être le prix de cent navires tels que Ia Ora Na. *Si je le vendais à un musée, nous pourrions acheter une île et vivre de nos rentes !*

– Mais tu ne le feras pas ?

– Pas tant que mon bateau pourra sillonner les mers. Il y a trop de Jos Van Steen qui traînent leurs guêtres ici ou là ; ils seraient prêts à tout pour s'emparer d'un tel trésor. C'est pourquoi nous allons remettre tous les deux une double cloison, et nous n'en parlerons à personne.

– Pas même à Rogatien ?

Il a hésité un instant.

– Si tu veux. À condition qu'il détruise ta lettre aussitôt et qu'il garde le silence !

Nous nous sommes mis au travail, tandis que Béniguet pleurait à mesure que disparaissaient les merveilleuses figures. Moi aussi j'étais triste, mais je savais bien que mon père avait raison.

Ensuite, Maëva me donnait des nouvelles de tous, de Malamok heureux comme un roi d'être à nouveau au large, de Mister Mô, des nouveaux embarqués.

Rogatien, terminait-elle, *j'ai mal au poignet, jamais de ma vie je n'ai écrit une aussi longue lettre. J'espère que tu as gardé mon coquillage. Porte-le à ton oreille, peut-être te dira-t-il que je suis ta petite sœur et que jamais je n'oublierai les jours de la Martinière. Embrasse tes parents, maman Radegonde surtout. Et puis brûle cette lettre !*

C'est ce que j'ai fait aussitôt, pour échapper à la tentation de la garder. En rêvant au trésor de la goélette, j'avais imaginé bien des merveilles, des statues incas tout en or, des monceaux de ducats, des bracelets de princesse tartare. J'étais ignare en peinture, le nom de Gauguin ne me disait vraiment rien. J'essayais d'imaginer le tableau à travers les descriptions de Maëva et n'y parvenais guère. Il a fallu que, bien plus tard, je découvre *Le Cheval blanc* au musée du Louvre, que je vois les reproductions des *Femmes et Cheval blanc* du musée de Boston, ou des *Cavaliers sur la plage* du Follkwang Museum d'Essen, pour comprendre enfin l'émerveillement ressenti alors par Maëva.

Dans les mois qui ont suivi, elle m'a écrit encore à plusieurs reprises. Ces lettres-là, où jamais elle ne faisait la moindre allusion au « trésor », je les ai gardées.

Que je le veuille ou non, ma vie continuait, ma vie paisible de petit paysan des bords de Loire. Je n'oubliais rien, au contraire, de ce qui s'était passé durant ce bel été mais, malgré moi, d'autres événements se déroulaient, d'autres rencontres, d'autres joies, d'autres soucis. Au fil des jours, d'autres certitudes étaient nées.

Lorsque quatre ou cinq années plus tard, Maëva m'a écrit pour m'annoncer ses fiançailles avec Jean Le Moyec, le lieutenant recruté par Reine-Marguerite Plusquellec, j'aurais dû être infiniment triste ; à ma grande stupéfaction, presque à ma honte, je ne l'étais pas. Tous ceux de *Ia Ora Na* appartenaient à mon passé d'enfant et nous nous étions séparés pour toujours lorsque la goélette avait disparu dans la nuit, passé l'écluse. Ils étaient partis ; j'étais resté. Cela seul était vrai.

Lorsque j'ai choisi d'entrer dans une école d'agriculture, j'ai su que je scellais définitivement mon destin. Mais quoi, Armand Bahuaud, mon père était de plus en plus fatigué, victime des gaz qu'il avait respirés dans les tranchées de la grande

guerre. Il avait besoin de moi, de ma jeunesse, de ma force...

J'ai fait une croix sur mes rêves de grand large. Je me suis attaché à ma terre. Les choses devaient être ainsi !

Le canal de la Martinière a retrouvé sa douce léthargie. Inéluctablement, l'un après l'autre les grands voiliers ont été conduits à leur mort, dépecés, transformés en ponton comme le *Duquesne,* en auberge flottante comme le *Maréchal de Castries.* Aujourd'hui ils vaudraient des fortunes, on les restaurerait pieusement, on les respecterait comme des pièces de musée. Il est trop tard et seuls quelques amoureux de la voile peuvent encore évoquer leur grandiose mémoire.

Pour moi aussi, il est tard et je suis un vieil homme, « Monsieur Rogatien », le plus riche herbager des rives gauches de la Loire.

Il y a peu, j'ai passé les rênes du pouvoir à mon fils aîné, Armand. Désormais, j'ai le temps de me souvenir.

Souvent, je prends le chemin du canal ; j'y pose quelques lignes, afin de me donner une contenance, je m'assieds sur un banc de pierre, non loin de la maison du Père Sans-Secousses, inhabitée depuis longtemps. Je rêve...

Ia Ora Na n'est plus, brisée par un typhon qui dans les années 30 ravagea la Polynésie... Pas de victimes, la goélette était en rade dans l'une des Tuamotu, mais le Gauguin repose désormais par des centaines de mètres de fond, dans les eaux transparentes du Pacifique. C'est bien ainsi, je crois : le peintre maudit et son ami le capitaine ont dû s'en réjouir l'un et l'autre, dans leurs paradis respectifs.

Je me lève de mon banc, je marche le long des rives de la Martinière envahies par les herbes. Me voici à l'endroit même où était amarré le bateau, où se garait la Dedion Bouton de Reine-Marguerite Plusquellec.

Je ferme les yeux ; j'entends le bosco raconter ses campagnes, Béniguet s'extasier devant Mister Mô... J'entends, j'entends surtout le rire clair de Maëva. La dernière fois que nous nous sommes écrit, c'était juste avant la guerre de 1939 ; elle venait d'avoir son quatrième enfant, elle était heureuse, du moins le disait-elle. Elle me joignait sa photo : comme toutes les Polynésiennes au détour de la trentaine, elle avait sérieusement grossi, mais ses cheveux étaient toujours aussi noirs, son sourire aussi lumineux. *Aita Péa péa !*

Oui, tout cela au fond n'a pas tellement d'importance !

L'AUTEUR

Yvon MAUFFRET, est né en 1927 à Lorient (Morbihan), d'une famille où l'on est marin de père en fils.

Après des études secondaires, pour ne pas faillir à la tradition, il s'embarque sur un liberty-ship en qualité - déjà - d'écrivain. « L'écrivain », dans la marine marchande, est en quelques sorte le secrétaire de bord.

Pendant plusieurs années il navigue donc, ce qui lui permet de découvrir des horizons nouveaux et des pays neufs (U.S.A., Brésil, Argentine, Afrique, Madagascar, etc...).

Il est marié, a deux enfants.

Venu ensuite s'installer à Paris, il s'est essayé à différents métiers avant de se lancer dans le roman pour enfants.

Il est maintenant écrivain, scénariste pour jeunes, journaliste.

Il vit en Bretagne.

L'ILLUSTRATEUR

Bruno PILORGET est né en 1957 à Vannes, en Bretagne.

Après deux années passées à l'école des Beaux Arts de Lorient, il se consacre à l'illustration de livres de jeunesse.

Parmi la quarantaine de titres qu'il a illustrés figurent Homère, Orwell, London, Stevenson, Poe, Mérimée, Sautereau, Noguès, Thiès chez divers éditeurs.

Il travaille avec plumes et encre de chine, pinceaux et encres de couleurs toujours sur fond de musique.

Il vit en Bretagne avec sa compagne, illustratrice également, et leurs enfants.

INFORMATIONS
Cascade

LA FRÉGATE « LA SÉRIEUSE » OU LA PLAINTE DU CAPITAINE.

Qu'elle était belle, ma Frégate,
Lorsqu'elle voguait dans le vent !
Elle avait, au soleil levant,
Toutes les couleurs de l'agate ;
Ses voiles luisaient, le matin,
Comme des ballons de satin ;
Sa quille mince, longue et plate,
Portait deux bandes d'écarlate
Sur vingt-quatre canons cachés ;
Ses mâts, en arrière penchés,
Paraissaient à demi couchés.
Dix fois plus vive qu'un pirate,
En cent jours du Havre à Surate
Elle nous emporta souvent.
– Qu'elle était belle, ma Frégate,
Lorsqu'elle voguait dans le vent !

ALFRED DE VIGNY

NANTES... UN PEU D'HISTOIRE

La ville de Nantes a toujours été tournée vers la mer. Les flottes phéniciennes, vénètes, romaines, ont tour à tour trouvé refuge dans l'estuaire de la Loire. Mais c'est au Moyen-Âge que commence le fabuleux essor de la ville maritime.

Au XIVe siècle déjà, Nantes entretient d'étroits rapports commerciaux avec les pays scandinaves, avec l'Irlande, avec l'Espagne. Trafic de vin, trafic de sel : À l'époque, 5 à 6 000 vaisseaux entrent au port, chargés du sel des marais de Guérande.

Au XVIIIe siècle, la ville et le port connaissent leur apogée. De nouveaux mondes ont surgi d'au-delà des mers, de nouveaux besoins sont nés. Besoins en marchandises, mais aussi en hommes et l'opulence nantaise est hélas basée en partie sur le « Bois d'Ébène » c'est-à-dire sur le transport des esclaves noirs destinés à travailler sur les plantations des Antilles. C'est l'époque des « voyages triangulaires » ; les navires quittent Nantes chargés de verroteries, de tissus colorés, d'outils divers qu'ils échangent avec les potentats noirs contre de la marchandise humaine. Les esclaves débarqués aux Antilles sont échangés à leur tour contre le sucre, le rhum, les épices que les navires ramènent en estuaire de Loire. En 1830, ce honteux trafic est définitivement aboli, mais il a permis à d'énormes fortunes de se constituer et à la vieille capitale d'Anne de Bretagne de devenir une métropole maritime. Les hôtels du quai de la Fosse et de l'Ile Feydau témoignent de cette opulence.

LES DERNIERS GRANDS VOILIERS

Au cours du 19e siècle la vapeur se développe, timidement d'abord, puis de manière triomphale. Peu à peu les voiliers disparaissent de la surface des océans. Pourtant, sur certaines lignes, ils peuvent demeurer compétitifs à condition d'être de plus en plus solides et de plus en plus grands. C'est le cas entre les ports du Nord de l'Europe et ceux de la côte Ouest de l'Amérique du Sud, via le cap Horn.

Le Cap Horn ! Endroit maudit, redouté de tous les marins. Point extrême du continent américain il faut, pour le doubler, affronter des mers énormes : des vents furieux y soufflent en quasi permanence et les icebergs montent la garde. Les voiliers nantais affronteront ces périls afin de livrer leurs cargaisons de charbon dans les ports du Chili, Iquique, Valparaiso, et revenir chargé de guano et de nitrate, utilisé pour la fabrication des poudres de guerre.

Les cap-horniers sont de superbes navires, à trois, quatre, voire cinq mâts, véritables cathédrales flottantes. Jusqu'en 1914, ils règnent en maîtres dans les mers du Sud. Mais la guerre va leur être fatale : ils sont sans défense devant les sous-marins allemands. La paix revenue, les lois sociales ont changé, le canal de Panama a trouvé son rôle de porte entre les deux océans. Peu à peu les grands oiseaux de mer gagnent le canal de la Martinière où ils reposent jusqu'à ce qu'on vienne les chercher pour les conduire à la démolition.

UNE INVENTION BIEN FRANÇAISE : LES CANAUX

Au temps où les trains, les automobiles et les avions n'existaient pas, le moyen de voyager le plus sûr et le moins fatigant consistait à emprunter les rivières. Mais comment passer de l'une à l'autre ?

On imagina de relier les différentes vallées par un « chemin d'eau » artificiel appelé canal. L'idée enthousiasma le roi Henri IV qui encouragea le projet.

L'un des premiers et des plus célèbres canaux est le canal du Midi, qui fut construit entre Toulouse et Sète à la fin du XVIIe siècle par l'ingénieur Pierre Pol Riquet, à l'instigation du ministre de Louis XIV, Colbert. On peut l'emprunter aujourd'hui encore.

Le canal permet de relier les rivières entre elles, mais des rivières qui ne coulent pas forcément dans le même sens et qui sont parfois séparées par des montagnes. Le chenal, creusé en pleine terre et rendu étanche par de l'argile et des parois de pierre, est comme un immense escalier, formé d'une série de « marches » ou biefs, séparées par des écluses.

Le bief est une sorte de compartiment à ciel ouvert, où le niveau de l'eau peut monter et descendre grâce aux deux écluses qui le ferment, entraînant avec lui le bateau pour l'amener au niveau du bief suivant. La marche la plus basse du canal est la rivière ; la marche la plus élevée, sur la crête qui sépare les deux vallées, est le point de partage. L'eau y est amenée depuis des réservoirs ou des barrages.

LE CANAL DE LA MARTINIÈRE

Étant souvent ensablé, le chenal creusé par la Loire entre Nantes et la mer, assurait un trop faible tirant d'eau. À partir du XIXe siècle, on essaie de le recreuser et de le redresser.

Les tonnages des navires devenant de plus en plus importants, on décide de doubler le chenal par un canal latéral de rive gauche appelé canal de la Martinière, qui s'étend sur plus de huit kilomètres entre Paimbœuf et le Pellerin. Commencé en 1879 et achevé en 1892, il est profond de huit mètres.

Ce canal est étroit, la navigation y est très lente. Son usage est abandonné dès 1910.

Après la guerre de 1914-1918, les grands voiliers cap-horniers sont considérés comme non rentables par leurs armateurs. Ils sont désarmés l'un après l'autre et conduits au canal de la Martinière. Le premier arrivé est le ***Boieldieu*** entré en 1921, le dernier est le ***Duquesne*** en 1925. Ils y seront vingt-sept en tout.

En 1930, la Martinière est à nouveau déserte, et le restera. Le canal sert actuellement de réserve d'eau douce pour les besoins de l'industrie nantaise.

Fouché, duc d'Otrante, conventionnel et ministre de la police de Napoléon, est né au village de la Martinière, qui a donné son nom au canal.

MOTS DE MARINS

Un vieux loup de mer : un vieux marin expérimenté
Prendre le large : s'éloigner, s'enfuir
Bien mener sa barque : bien conduire ses affaires, sa vie
Mener quelqu'un en bateau : le tromper ; lui raconter une blague
Avoir un coup de barre : être brusquement fatigué
Un branle-bas : une grande agitation (en terme de marine, branle = hamac, branle-bas = rangement des hamacs)
Se remettre à flots : rétablir sa situation financière
Tendre ses filets : préparer un piège
Remonter le courant : vaincre les difficultés
Tomber à l'eau : se dit d'un projet qui ne se réalise pas
Un coup de tabac : une tempête soudaine
Perdre la boussole : perdre la tête
Avoir le vent en poupe : avoir la chance et la réussite avec soi
Contre vents et marées : en dépit des difficultés
Le plancher des vaches : la terre, par opposition à la mer
Une goutte d'eau dans la mer : une quantité négligeable
Qu'allait-il faire dans cette galère : tiré de Molière. Se dit de quelqu'un qui s'est mis en mauvaise posture
Arriver au port : toucher au but
Un marin d'eau douce : un marin d'occasion

GAUGUIN ET TAHITI

Gauguin part à Tahiti au printemps 1891, laissant derrière lui sa femme et ses cinq enfants. Il arrive deux mois plus tard.

« La raison pour laquelle je m'en vais est que je veux vivre en paix et éviter l'influence de notre civilisation. Je désire ne créer qu'un art naturel. Pour y parvenir, il me faut m'imprégner de la nature vierge, ne voir que des sauvages, partager leur vie et avoir pour seule occupation de reproduire, comme le ferait un enfant, les images de mon propre cerveau, en utilisant exclusivement les moyens offerts par l'art primitif, les seuls qui soient authentiques et valables. »

Il s'installe dans une *fare* (case de style tahitien), prend pour femme une vahiné et travaille d'arrache-pied.

Il rentre en France en 1893 avec plus de 70 peintures et sculptures. Son exposition est un échec et sa femme refuse de le revoir.

Il retourne à Tahiti puis partira pour les Marquises où il finira sa vie, non sans avoir perdu ses illusions sur les îles lointaines : « Même si l'on voulait y mettre le prix, il n'est plus possible de trouver aucun de ces splendides objets en os, en écaille de tortue, en coquillage ou en bois, ou en fer, que les indigènes fabriquaient dans l'ancien temps. Les gendarmes les ont volés et vendus à des collectionneurs. »

L'INVITATION AU VOYAGE

Mon enfant, ma sœur,
Songe à la douceur
D'aller là-bas vivre ensemble !
Aimer à loisir,
Aimer et mourir
Au pays qui te ressemble !
Les soleils mouillés
De ces ciels brouillés
Pour mon esprit ont les charmes
Si mystérieux
De tes traîtres yeux,
Brillant à travers leurs larmes.

Là, tout n'est qu'ordre et beauté,
Luxe, calme et volupté.

Des meubles luisants
Polis par les ans
Décoreraient notre chambre
Les plus rares fleurs
Mêlant leurs odeurs
Aux vagues senteurs de l'ambre,
Les riches plafonds,
Les miroirs profonds,
La splendeur orientale,
Tout y parlerait
À l'âme en secret
Sa douce langue natale.

Là, tout n'est qu'ordre et beauté,
Luxe, calme et volupté.

Voir sur ces canaux
Dormir ces vaisseaux
Dont l'humeur est vagabonde ;
C'est pour assouvir
Ton moindre désir
Qu'ils viennent du bout du monde.
– Les soleils couchants
Revêtent les champs,
Les canaux, la ville entière,
D'hyacinthe et d'or ;
Le monde s'endort
Dans une chaude lumière.

Là, tout n'est qu'ordre et beauté,
Luxe, calme et volupté.

CHARLES BAUDELAIRE

COLLECTION

Cascade

7 - 8

L'ABOMINABLE GOSSE DES NEIGES
Alain Surget.

AU PAYS DES BANANES ET DU CHOCOLAT
Karin Gündisch.

COMMENT DEVENIR PARFAIT EN TROIS JOURS
Stephen Manes.

L'ÉTRANGE HISTOIRE DE DINGO
William H. Armstrong.

LE FILS DES LOUPS
Alain Surget.

HUGO ET LES LAPINS
Anne Sibran.

UN KIMONO POUR TADAO
Yves-Marie Clément.

LES MALHEURS DE SOPHIE
Comtesse de Ségur.

OPÉRATION CALEÇON AU CE2
Catherine Missonnier.

PETIT FÉROCE N'A PEUR DE RIEN
Paul Thiès.

PETIT FÉROCE DEVIENDRA GRAND
Paul Thiès.

PETIT FÉROCE EST UN GÉNIE
Paul Thiès.

PETIT FÉROCE S'EN VA-T-EN GUERRE
Paul Thiès.

LA PISTE DES CARIBOUS
Annie Paquet.

POMME A DES PÉPINS
Béatrice Rouer.

LE PRINCE ET LA GUENON
Ruskin Bond.

QUI A VU LE TURLURU
Alain Surget.

SITA ET LA RIVIÈRE
Ruskin Bond.

LA SORCIÈRE EST DANS L'ASCENSEUR
Paul Thiès.

SUPERMAN CONTRE CE2
Catherine Missonnier.

LE TRÉSOR DES DEUX CHOUETTES
Évelyne Brisou-Pellen.

TRUCS À TROQUER
Marie-Noëlle Blin.

VACANCES SORCIÈRES
Catherine Missonnier.

LE VILLAGE DES SINGES
Yves-Marie Clément.

9 - 10

UNE AMIE GÉNIALE
Sandrine Pernusch.

ATTENTION AUX PUCES
Jean-François Ferrané.

AU BOUT DU CERF-VOLANT
Hélène Montardre.

AU PARADIS DES ENFANTS
Dagmar Galin.

LES AVENTURES D'UN CHIEN PERDU
Dagmar Galin.

LES BRACONNIERS DU ROI
Paul Thiès.

CLASSE DE LUNE
François Sautereau.

LA DOUBLE CHANCE DE JULIETTE
Françoise Elman.

DOUBLE MARTIN CONTRE POISON ROSE
Fanny Joly.

ELSA ET ANTONIO POUR TOUJOURS
Jean-Paul Nozière.

L'ÉTÉ DES CONFIDENCES ET DES CONFITURES
Yves Pinguilly.

LES ÉTOILES ENSEVELIES
Pierre Pelot.

EXTRATERRESTRE APPELLE CM1
Catherine Missonnier.

LE GANG DES RÂLEURS
Jane Sutton.

GARE AUX CROCODILES
Jean-François Ferrané.

LA GUERRE DES POIREAUX
Christian Grenier.

LA GUERRE DE RÉBECCA
Sigrid Heuck.

HISTOIRE DE LUCIEN
François Charles.

COLLECTION

Cascade

LES INDIENS DE LA RUE JULES FERRY
François Sautereau.

JONGLER N'EST PAS JOUER
Paul Thiès.

LE JOURNAL SECRET DE MARINE
Sandrine Pernusch.

LE LÉVRIER DU PHARAON
Roger Judenne.

LA MAISON AUX QUATRE ÉTOILES
Hélène Montardre.

LA MÉLODIE DE LA PEUR
Boileau-Narcejac.

LE MOUSSE DU BATEAU PERDU
Yvon Mauffret.

MYSTÈRE À CARNAC
Michel-Aimé Baudouy.

MYSTÈRE AU CHOCOLAT
Didier Herlem.

LA NUIT DU RENDEZ-VOUS
Hélène Montardre.

PARIS-AFRIQUE
Yves Pinguilly.

LES PASSAGERS DU GOIS
Marie Dufeutrel.

LA PLUS GRANDE LETTRE DU MONDE
Nicole Schneegans.

LE PRINCE DU CHÂTEAU FOU
Gérard Bialestowski.

RENDEZ-VOUS AU ZOO
Corinne Gerson.

LE SECRET DE L'OISEAU BLESSÉ
Betsy Byars.

TONTON ROBERTO
Fanny Joly.

TOUCHE PAS À MON PÈRE
Chantal Cahour.

11 - 12

À CLOCHE CŒUR
Marie-Florence Ehret.

L'ACROBATE DE MINOS
L.N. Lavolle.

UNE AMITIÉ BLEU OUTREMER
Yvon Mauffret.

L'ANGE DE MAURA
Lynne Reid Banks.

L'APPEL DE LA FORÊT
Jack London.

BONS BAISERS DE CALIFORNIE
Marie-Noëlle Blin.

LA CAPTURE DE CÉSAR
Michel-Aimé Baudouy.

C'EST LA VIE, LILI
Valérie Dayre.

COMME SUR DES ROULETTES
Malika Ferdjoukh.

COUP DE FOUDRE
Nicole Schneegans.

CYRANO JUNIOR
François Charles.

LES DEUX MOITIÉS DE L'AMITIÉ
Susie Morgenstern.

L'ÉTÉ DE TOUS LES SECRETS
Katherine Paterson.

L'ÉTÉ JONATHAN
Marie Dufeutrel.

LA GRIFFE DU JAGUAR
Yves-Marie Clément.

L'INCONNU DE LA PROISELIÈRE
Monique Ponty.

LE JOUR DU MATCH
Gilberte Niquet.

UN JOUR UN ENFANT NOIR
William H. Armstrong.

LE MYSTÈRE DE LA NUIT DES PIERRES
Évelyne Brisou-Pellen.

LE PERROQUET D'AMÉRICO
Huguette Pirotte.

PIÈGES EN COULISSE
Pierre Leterrier.

UN PONEY BLANC NEIGE
Anne Eliot Crompton.

LE ROYAUME DE LA RIVIÈRE
Katherine Paterson.

LE SECRET DU GÉNÉRAL X
Jacques Asklund.

LE TRÉSOR DU MENHIR
Yvon Mauffret.

LE VOLEUR DE PANDAS
Alain Surget.

Achevé d'imprimer en Juin 1993
par Maury-Imprimeur S.A.
45330 Malesherbes

Dépôt légal : 2e trimestre 1993
N° d'imprimeur : 43357 A
N° d'éditeur : 2320